書下ろし長編時代小説

同心 亀無剣之介

やぶ医者殺し

風野真知雄

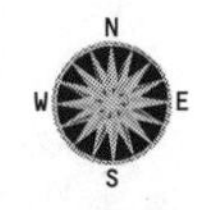

コスミック・時代文庫

この作品はコスミック文庫のために書下ろされました。

目次

第一話　裁けない同心

一

「また来たのかい。もう勘弁してくれよ」

薬屋〈万世堂〉の芝店の若きあるじである十次郎は、うんざりした顔をした。

来ていたのは、棒手振りの伊右衛門である。

ふだんから天秤棒を担いで魚を売って歩いているが、ここらまで来ることは滅多にない。十次郎に会うため、足を伸ばしてきたに違いなかった。

「誤解しないでくれ、十次郎。わたしは責めているわけじゃないんだ。ただ、もう一度、考え直してもらいたいだけなんだよ。十日に一度が無理なら、ひと月に一度でもいい。仲間とイエスさまについて語ることが大事なんだから」

伊右衛門はそう言って、十次郎の目をまっすぐに見た。

──なんてきれいな目をしているのだろう。

と、十次郎は内心で思ってしまう。

おそらくイエスさまも、こんな目をしていたのではないか。この目を見ると、やはり自分が間違っているのではないか、なにがあっても仲間から逃げてはいけないのではないか──そう思ってしまう。

だが、十次郎は頭を振り、

「それは無理だ。あたしはしばらく忘れたいんだ。けっして神を捨てたわけじゃない。イエスさまを裏切るつもりもない。秘密を持ち、素知(そし)らぬ顔をし続けるのがつらいだけなんだ。もし、キリシタンの教えが許される日が来たら、わたしは喜んで、また仲間に入れてもらうよ」

申しわけなさそうに言った。

伊右衛門は微笑(ほほえ)み、

「それは駄目だよ、十次郎さん」

と、言い聞かせるように言った。

「なんで駄目なんだい。あたしは今度、この万世堂の出店をちゃんとやっていかなくちゃならないんだ。親父や兄貴とも、商売に身を入れると約束したんだよ。

嫁もらうことになっているんだ。だから、イエスさまを拝んでいる暇だって無くなるんだよ」

「ああ。一生懸命、働けばいい。でも、イエスさまのことを忘れちゃ駄目だ。それに、イエスさまはあんたが忘れようとしても、ちゃんとそばで見ているよ」

伊右衛門は信念に満ち、しかも、囲炉裏のそばのような温もりのある声で言った。

「駄目だ、駄目だ。これ以上、あたしを苦しめないでくれ」

十次郎は思わず耳をふさいだ。

伊右衛門と十次郎がいるのは、帳場の裏にある六畳間である。

暮れ六つは過ぎ、店はすでに暖簾をしまい、板戸も閉めている。

日本橋にある本店から来ている手代の新吉も帰ってしまい、ここに残ったのは十次郎ひとりだった。

嫁をもらうというのも嘘ではなく、来月には祝言もあげ、ここで新所帯を営むことになっていた。嫁は、兄貴が見つけてきた小伝馬町にいる町医者の娘で、まだ十七だった。一度話しただけだが、器量は十人並みでも、かなり聡明な娘だというのはわかった。

――自分は幸せになろうとしている……。

しかしそれは、欺瞞に満ちた、見せかけ優先の幸せなのかもしれない。

後ろめたさがないわけではない。

三年前、決まりきった道を歩もうとしていた自分にふと疑問を覚え、考えるほどあらゆる物事が虚しくなり、永遠にたしかなものだけが欲しいと望んだとき、現われたのが、隠れキリシタンの人たちだった。

不思議な出会いだった。

十次郎は永代橋の真ん中で欄干に顎を乗せ、下流のほうを眺めていた。

飛びこもうとしていたわけではない。ただ、絶えず流れ続ける水の量に圧倒され、自分の人生のちっぽけさと虚しさに打ちのめされていたのだった。

すると、突然、

「虚しいよな」

「ほんと」

という男たちの声が、十次郎の両脇で聞こえた。

「え?」

「虚しくなるだろう。川の流れを見ていると」

きれいな目をした男が、十次郎に声をかけてきた。それが伊右衛門だった。

「そうなんだよ」

十次郎は思わずうなずいた。

「人生なんか短いよな。しかも、ちっぽけだよ。その人生をただ虚しい、虚しいで終えてしまうってつらいぜ」

伊右衛門は言った。それこそ、自分が悩んでいたことだった。

十次郎は、すぐに意気投合し、伊右衛門たちの仲間に入れてもらった。わずか五人ほどの仲間だが、いずれも優しく、信頼できる人間ばかりだった。

隠れキリシタンだとわかったときも、それほど驚きはなかった。むしろ、寺や神社にはない深い教えに感動したほどだった。

その伊右衛門たちから離れ、世俗にまみれた世界に戻ることには不安もあれば、自信もない。なにより、やっぱり後ろめたい。

「絆(きずな)は結んだまま、万世堂の仕事を淡々とこなせばいいじゃないか」

伊右衛門は、春風が吹いたみたいな口調で言った。

「そういう中途半端なことは、わたしにはできないんだよ。いったん、縁を切らせておくれよ」

悩んだ末の結論だった。

「イエスさまとの縁は、切ろうとしても切れないいんだよ」

「それは嫌だよ。それは逆に苦しいよ」

逃げたい、と十次郎は心から思った。

――なぜ、逃がしてくれないいんだ。

伊右衛門の純粋さが、いまは恐怖だった。

こんないい人がなぜ怖いのかは、よくわからない。罪人が、町方の役人を恐れる気持ちに近いのか。

――逃げなければいけない。

ふと、棚に隠していた短刀が目に入った。品川で薬屋に押しこみがあったと聞き、身を守るために買っておいた匕首だった。

自分でも思いがけなく手が伸び、匕首をつかんだ。

その様子を見ていた伊右衛門は、

「そんなもの恐れないよ」

と、笑って言った。

その笑いで、十次郎の恐怖はさらに膨れあがった。

「もう、勘弁してくれ」

十次郎は匕首を突きだした。

それは、伊右衛門の胸を突いた。

「あ」

十次郎は、自分でしたことに驚愕(きょうがく)した。

刃がこんなに簡単に突き刺さっていくものとは思わなかった。まるで、引っ張られたような感じさえしたほどだった。

あわてて抜いた。

刃を追うように、血が噴き出てきた。その夥(おびただ)しい出血は、十次郎に取り返しのつかなさを実感させた。

十次郎は自分の着物の袂(たもと)をあてて、血を止めようとした。しかし、袂はたちまち血で重たくなった。

「いいんだ」

と、伊右衛門はさすがに青ざめた顔になって言った。

「よくないだろうが」

「もう駄目だ」

「そんなこと言うな」

「ここで死ぬのが、おれの運命だったのだ」

「ああ、なんてことをしてしまったんだ」

十次郎は頭を掻きむしった。

「よく聞くんだ、十次郎。あんたは、神の裁きを受けることになる」

「もちろんだ」

「だが、町奉行所の裁きなんか受けさせない」

「え?」

「つまり、あんたはなにもしていないということで、この先も生きていく。神の裁きはそのあとでくだる」

「そんなこと言ったって」

「いや。大丈夫だ。あんたに疑いがいかないようにしてやる」

「どうやって?」

「おれはここで刺されたんじゃない。外の通りで、誰ともわからない追い剝ぎみたいなやつに刺されて死ぬんだ」

「え?」

「おれは外で死ぬよ」

「雨、降ってるぞ」

「だから、いいんだ。そしたら血が流れて、ここから出たのもわからなくなる。そのあたりの血は、よく拭いておくんだぞ」

「そんな」

「ほら。内側から戸を締めろ」

伊右衛門は、裏口から出て、板塀の隠し戸を開けた。そこに隠し戸があることは、以前、来たときに教えてあった。そのまま裏道に出た。

表通りのほうに行ったらしい。

「うわぁ、ゆうた、てめぇ、なに、しやがるんだ！」

大声が聞こえた。

──ゆうたって誰だ？

と、十次郎は思った。そんな名前に心当たりはない。

──そうか……。

伊右衛門は、贋の下手人をでっちあげてくれたのだ。

刺された人間が嘘なんかつくわけがない。

この声を聞いた者は皆、下手人は「ゆうた」だと思うだろう。

——なんてやつだ……。

十次郎はしばらくじっとしていたが、やがて二階にあがり、下を見た。

出口から少し表通りに近づいたあたりで、伊右衛門が倒れているのが見えた。

こっちを頭にしている。まるで、表通りからこっちに逃げこんできたみたいだった。

雨は強まっている。流れた血はわからなくなるだろう。

「伊右衛門は、おいらをかばってくれた。その気持ちに報いなければならない」

十次郎はそう言って、窓辺に座りこんだ。

それから両手の指を絡ませ、その手に額をつけた。かつて、そうして天主さまに祈りを捧げたように……。

二

「うう、寒い」

八丁堀の役宅を出ると、北町奉行所の臨時廻り同心である亀無剣之介は、背筋を這いあがってきた寒さに思わず肩をすくめた。

まだ本格的な冬とは言えない。だが、寒いのはこれでもう充分だという気がする。

昨夜は雨だったたが、夜明け前にはあがって、いまはよく晴れている。まもなく暖かくなってくれるだろう。

銀杏が色づいている。散りはじめてはいるが、まだ黄色い葉をいっぱい残していた。

紅く色づく木々は、五日ほど前までにほとんど葉を落としてしまっている。

江戸の町が、紅から黄に色が変わった。この黄色もなくなると、江戸は屋根瓦や黒板塀で、ほとんど黒一色になる。

長い冬の季節を思うと、亀無はうんざりする。外なんか出歩きたくない。火鉢抱えて、家に閉じ籠もりたい。

亀無はいま殺しの現場に向かっている。

役宅を出ようというとき、奉行所から使いの中間が来て、殺しがあったので芝の宇田川町に向かうようにと伝言されたのである。

下男の茂三も連れていこうと思ったのだが、娘のおみちが風邪っぽいので、留守番をしていてもらうことにした。

芝口橋を渡ったところで、岡っ引きの三ノ助と会った。いままで何度も殺しの調べを一緒にやっていて、岡っ引きはあまり好きでない亀無だが、三ノ助のことは信頼していた。

「え？　三ノさんも宇田川町かい？」

亀無は訊いた。

「そうなんです。奉行所に行ったら、松田さまから亀無さまを助けてやれと」

「ああ、そりゃあ助かるよ」

「元気ないですね？」

「元気なんかあるわけないよ」

「なにかありましたか？」

「そもそも、おいらが元気なときってあるか？」

「そういえばないですね」

三ノ助はあらためて感心したようにうなずいた。

「冬は物入りだよな」

「そうなんですよ」

「炭代だの薪代のことを考えると憂鬱だよ」

「なんか減らす方法はないものですかね」

「猫ってあったかいんだよな」

「そうなので」

「二、三匹飼うと、湯たんぽ替わりになるかもな」

「でも、餌代は？」

「それなんだよ。鼠だけ食って生きていくのは無理だろうしな」

「鼠だけ食ってる猫を布団に入れて寝るって、気持ち悪くないですか？」

「そう思うと、ちょっとな」

　そんな話をするうち、宇田川町の現場に着いた。

　棒手振りの男が胸を刺されて死んでいた。

「殺されたのは、まだ五つ（この時期だと夜七時ほど）くらいだったのですが、雨が降ったりしていて、奉行所から人が駆けつけるのが遅くなったりしてました」

　と、若い定町廻りの同心が、亀無に詫びるみたいに言った。

「まあ、しょうがないな」

そう言いながら、亀無は倒れている遺体と、周囲の状況を眺めまわした。

倒れているのは、東海道である街道から横に入る細道の、その入り口である。身体の向きからして、細道に逃げこもうとしたが、間に合わず殺されたというように見えた。

遺体は、身体をよじるように、下半身は横を向いているが、上半身は仰向けになっている。胸に包丁が刺さっていて、それを抜こうとしたのか、遺体は包丁の柄を握っていた。

「小出刃ですね」

と、三ノ助が言った。

「小出刃？」

「魚を捌くための包丁です。柄に名前が入ってますね。伊右衛門とあります」

「なるほど」

最初に右胸を刺され、次に左の胸を刺されている。

その左胸に刺さった包丁を、引き抜こうとして息を引き取ったらしい。

「ふうむ」

なにか引っかかる。だが、なんだかはわからない。

「巾着があるな？」

腹巻に縛りつけるようにしている。物盗りなら見逃さないだろう。

「ええ。粒銀もありますね。ざっと二朱ほど（一万六千円）です」

「けっこうあるな」

「ほかに持ち物とかはないですね」

三ノ助が袂なども探ってから言った。

検死役の同心が来て、遺体の絵などもくわしく描きはじめたりしたので、そっちはまかせることにした。

「刺されるところを目撃した人とかいないの？」

亀無は、先に来ていた若い定町廻りの同心に訊いた。

「なにせ、雨が降っていて、人通りが少ないうえに、暗かったですから」

「そうだな」

「ただ、叫び声を聞いた者はいます。そっちの番屋の番太郎ですが、ゆうた、てめえ、なにすんだ？　と叫んだそうなのです」

「ゆうた？　そりゃあ、大きな手がかりだ。ゆうたというのが下手人だ」

「そうでしょうね」

「わかりました。そっちの料理屋の女将がたまたま見知っていて、木挽町あたりの長屋に住んでいる、棒手振りの伊右衛門という男らしいです。ふだん、魚を売ってまわっているそうです」

「じゃあ、包丁は当人のものか」

「まもなく長屋の大家が、遺体を引き取りにきます」

若い同心がそう言ったとき、

「嘘だろう、伊右衛門が死んだなんて！」

大声が聞こえ、十人ほどの町人が駆けてきた。

「木挽町七丁目の竹蔵長屋の大家、竹蔵ですが」

大家は、町方の同心姿の亀無のところに来て、

「うちの伊右衛門が刺されて死んだというのは、ほんとですか？」

すがりつくように訊いた。

「当人かどうか見てもらいたい」

亀無は、筵がかかった遺体を指差した。

大家の後ろに、ほかの町人も並んだ。

「身元は？」

奉行所の中間が、ゆっくり筵を取り払った。

「あ、伊右衛門！」

大家がそう言うと、ほかの者もいっせいに伊右衛門の遺体にすがりつき、

「誰がこんなことを」

「ああ、あたしゃ信じられないよ」

「なにがあったんだい？」

皆、家族が亡くなったみたいに大泣きしはじめた。人の死に、大勢がこれほど心底から悲しむ光景は、亀無でも初めて見たほどだった。

皆がひとしきり泣いて、疲れた顔を見せた頃合いに、

「伊右衛門はいくつだった？」

亀無は大家に訊いた。

「三十です」

「家族は？」

「いません。独り者です」

「生まれは？」

「武州（ぶしゅう）の在のほうで、春日部（かすかべ）とかいうところです。ただ、ひどい日照りがあった

年に、一家は離散したそうです」

「あんたたちの悲しみぶりから察すると、伊右衛門が殺されるなんて、考えられないのかい？」

「まったく考えられません。伊右衛門というのは、ほんとに誰に対しても親切で、他人に対してはできるかぎりのことをしてやるような男でした。伊右衛門を恨んだりするやつは、絶対にいないはずです」

「じゃあ、物盗りかな」

「わざわざこんな棒手振りを殺して、金なんか盗りますか？」

「でも、二朱くらい巾着に入ってたぜ」

「ああ。伊右衛門は魚の目利きで、いつもうまい魚を持ってくるというので、お武家さまや料理屋などからも信頼されていたんです。だから、一日の稼ぎは多かったのですが、稼いだ金はみんな、そこらの困っている人に恵んだりしてましたのでね」

「ほう」

「酒も煙草（たばこ）もやりません。道楽にも縁がなかったです」

「たいしたもんだな。ところで、ここにゆうたって名前の者はいるかい？」

亀無が訊くと、大家は即座に、

「いや、いません」

と、答えた。

「周囲には？」

「ゆうた……」

と考え、さらに長屋の者たちを見まわした。

「誰か知ってるか？」

「いやあ、ゆうたなんてやつは知りませんね」

「棒手振りの仲間には？」

「あっしは伊右衛門と一緒で魚の棒手振りですが、そんな名前のやつは聞いたことがありません」

「ふうん」

だが、葬式（そうしき）で張りこんでいれば現われるかもしれない。

「今晩の通夜（つや）で、明日が葬式かい？」

亀無は大家に訊いた。

「それが、通夜も葬式もしないんです」

「え?」

「伊右衛門は若いくせに、死ぬってことをよく考えていたみたいで、あたしには自分が死んでも通夜も葬式もしないで、すぐに墓に埋めちゃってくれと、墓はすでに自分で作ってあるからと、何度もそう頼まれていたんです。その約束を守らないわけにはいきませんよ」

「へえ」

伊右衛門というのは、無類の善人だったが、かなり変わった男でもあったらしい。

三

三ノ助がこのあたりの番屋と辻番に、昨夜の様子を訊きにいき、亀無のほうは現場のまわりの店を訊きこむことにした。

現場のすぐ脇は、〈色色甘甘堂〉という大きな菓子屋になっている。

間口は十間ほどあり、東海道を西へ行く旅人が、江戸土産として買っていく者も多い。売り子は男も女も、皆、坊主頭にしていて、どういう趣向なのかはわからないが、通りの名物になっているのは事実だった。

亀無が店のなかに入ってくると、男が待ちかまえていたように、

「この店の番頭(ばんとう)ですが」

と言いながら、すっとそばに寄ってきて、

「お役目、ご苦労さまにございます」

と、懐(ふところ)に紙に包んだものを入れようとした。

「なんだい、これは？」

「いえ。早いとこ、お調べを切りあげていただきたくて」

番頭は五十くらいの歳で、渋柿(しぶがき)に砂糖をまぶしたような作り笑いを見せて言った。坊主頭ではない。その代わりというわけではないだろうが、ほとんど歯がない。これは、自分のところの売り物を、食いすぎたのかもしれない。

「そういうわけにはいかないよ」

亀無は、いま入れられた紙包みを、番頭の背中の襟(えり)のなかに放りこんだ。

「ちょっ、ちょっ、それは」

番頭はくすぐったいのか、背中をよじるようにさせているところへ、

「つまんないことするとと、あんたをお縄にしちゃうぜ」

と、亀無はささやいた。

「あたしをお縄？　勘弁してくださいよ。い、いま、あるじに話してまいりますので」

番頭はあるじのところに注進に行き、あるじが肩をすぼめながら亀無のところに来て、

「まったく……うちの脇でこんなことがあって、うちの〈おめでた餅〉や〈七色豆〉が売れなくなって困っているのでございますよ」

と、恐縮を装った口調で言った。

あるじのほうは、歳は番頭と同じくらい。

だが、前歯はぜんぶ揃っていて、しかも真っ白である。奥歯も欠けたりしている様子はない。これは、自分のところの売り物がよほどおいしくないか、歯に悪いことを知っているかのどちらかだろう。

「なあに、いまだけで、明日になればいつものように戻るさ」

と、亀無は慰めた。

「ところが、お客の心というのは冷たいもので、いったん離れると、よほどのことがないかぎり戻ってこないのでございます」

「では、人殺しの調べはやるなというのかい？」

亀無はムッとして訊いた。

「いえ、そうではございませんが、お客の目の触れないところでやっていただくとありがたいな、と思っておりまして」

「それは無理だ。この店の前で殺されたのだから、この店の前に遺体を置いて検討するのは当然のことだろう」

「そうおっしゃられても、手前どもだって家族や使用人を食べさせていかなければなりませんし……まったく、ひどいやつもいたもんですね」

「なにがひどい？」

「だって、こんなところで死んでくれて。しかも、うちの店の前に天秤棒を転がしたりして、まるでうちがなにか、かかわりでもあるみてえじゃねえですか」

「あるんじゃないのか？」

「いやいや、ありませんて」

「ここの使用人などに、ゆうたってのがいるだろう？」

「ゆうた？　いいえ」

「そうか、あんたの幼名か？」

「うちは代々、跡継ぎの名は一太郎から一右衛門に変わることになってます」

「ふうん」

　ゆうたであってほしかった。

「まったく、もう」

　一右衛門は、検死の様子を見ながら舌打ちした。

「なにを、そんなに怒ってるんだよ」

「だって、お客が皆、逃げていくじゃないですか」

「おいらのせいか？」

「いいえ、もちろん、あたしは殺した野郎に怒ってるんですよ」

「そうは見えないがな。そうだ、いい方法を教えよう」

「なんです？」

「殺され饅頭ってのを作って、名物にして売りだせ」

「誰が買いますか、そんなもの」

　一右衛門の目が血走ってきた。

　まったく、金儲けに狂ったやつが、儲けを逃したときのおもしろさといったらない。

「すると、この店は金儲けが最優先で、町で人殺しが起きようが、それで奉行所の人間が下手人を挙げるため、へとへとになって駆けずりまわろうが、知ったことではないと言うんだな？」

　亀無はまっすぐ一右衛門を見て訊いた。

「いえ、そうじゃありませんよ、旦那。手前どもは奉行所にはできるかぎり、お役に立つつもりでおりますよ」

「だよな。それなら、今後、あんたの店の前で悪事の被害者が出たりしないよう、ここに番屋を作り、番太郎も数人、置いてもらおうかな」

「え？　番屋を？　どこにです？」

「この店の端でいいよ。間口がざっと十間もあるんだ。番屋くらい作れるだろうが」

「店を削るので？」

「そう。半月以内にやっておいてくれ。どういう造りにするかは任せるさ」

「いや、あの」

　一右衛門はあわてはじめた。亀無が怒っていることに、ようやく気がついたらしい。

「それと、番屋にはかならず、火の見櫓もつけといてくれよ」

「火の見櫓まで?」

「できるだけ高いやつをな。それで、この店から人を出してもらって、通りの悪事を見張れば、もうこんなことはなくなるよ。うちの与力からの正式な依頼書は、のちほど届けさせるから。じゃあな」

亀無はそう言って、色色甘甘堂にゆっくり背を向けた。

四

万世堂の十次郎は、店の前で町方の同心がうろうろしているのを、冷ややかな目で見ていた。

見るからに変な男である。

髪の毛が縮れて、もわもわっとしている。見ていると撫でてみたくなるが、熊の陰毛があんな感じかもしれない。

あっちを見たり、こっちを見たりしていて、ここには来ないのかなと思っていたら、急に向きを変え、

「やあ」

と、暖簾を分けてきた。

「はあ」

「おいら、北町奉行所の亀無ってんだ」

「ご苦労さまでございます」

「これから、どんどん寒くなるよな」

亀無はそう言って、上がり口に腰をかけた。

「そりゃあ、まあ」

「飲むと身体が温まる薬っていうのはないかね？」

「ありますよ。例えば、柿の葉茶を煎じて、熱いうちに飲んでもらったら、ぽかぽかと温まりますよ」

「それって飲んだときだけだろ。朝飲むと、一日中、温かいというやつだよ」

「さあ、そういうのはちょっと」

「身体じゃなくて、気持ちが温かくなる薬は？」

「それも難しいですね」

この同心はいったい、なにをしに来たのだろう。

「そうかあ。ところで、そっちで棒手振りの男が殺されたのは知ってるかい？」

ところでだって？　町方の同心が、人殺しの調べがところでなのか？　十次郎は内心、呆（あき）れ果てたが、

「もちろん、知ってますよ」

と、うなずいた。

「朝、顔見知りの者ではないか、確かめてくれと言われ、遺体を見せられましたから」

「うん、悪かったな」

「ただ、あたしも恐くて、じつはちゃんと見ることができなかったんです。でも、そのあとすぐ、誰か知っている人が出てきたみたいでした」

「そうだったのか。うん、遺体なんか誰だって見たくないよな。ましてや、殺された遺体だからな」

と、同心は理解を示した。

「この店は新しいのかい？」

「ええ。以前は瀬戸物屋だったんですか、店主が歳で廃業するというので、買い取って薬屋にしたんです。うちは、日本橋のほうが本店で、ここは二店目の出店

になるんです」

「なるほどな。使用人は？」

「小さい店ですので、本店から応援に来ている手代がひとりいるだけです。今日は客も少ないだろうと、本店に戻しましたが」

「手代の名前は？」

「新吉です」

「じゃあ、ゆうたってのは、あんた？」

そういう訊き方はないだろうと、十次郎は内心で思った。

だが、ゆうたなんて名は、ありそうでなかなかない。伊右衛門はよくあんなときに、そんな名前を思いついたものだと感心した。

「いいえ、あたしは子どものときからいままで、十次郎です」

「そうかあ」

妙な同心は露骨にがっかりし、それで訊きこみは終わりにしたらしい。

「じゃあな」

と言い、ここを出て、向かいっ方の線香屋に入っていった。

あんな調子じゃ、下手人の尻尾どころか、影だって見つからないだろうと、十次郎はホッとしていた。

五

亀無が周囲の店の訊きこみを終えたころ、すでに検死なども終わって、伊右衛門の遺体は長屋の大家たちが引き取っていった。まっすぐ、白金(しろがね)の寺に向かうらしい。

くたびれたので宇田川町の番屋に入り、番太郎が出してくれた煎餅(せんべい)を齧(かじ)りながら、茶をすすった。

難しい調べになりそうで、亀無は早くも疲労を感じてしまった。

ふと、番屋の町役人と目が合った。

「ん?」

「いや、亀無さまのお手並みを期待しております」

「おいらのお手並みなんか、犬が餌を漁(あさ)っているようなもんだよ」

「いいえ。亀無さまの捕物の腕は、評判ですよ。亀無さまが担当して、解決できなかった殺しはないと」

「だったらいいけどな」

亀無は苦笑した。

評判というのは、どうせ〈ちぢれすっぽん〉の綽名にまつわるものだろう。髪の毛がちりちりに縮れ、手がかりに食いつくと、すっぽんみたいにしつこいと。

その綽名のことは知っているし、しょせんは褒めているのではなく、笑われているのだと思っている。

そこへ、ほかの番屋や辻番で訊きこみをしてきた三ノ助が戻ってきて、

「おかしいですね」

と、首を傾げた。

「なにが？」

「あの晩は、妙に冷えて、霧雨から本格的な降りに変わったりして、あの通りもひとけは、ほとんどなくなっていたそうです」

「だろうな」

「ただ、殺された伊右衛門らしき男は、何人かが見かけています」

「ほう」

「そっちの会津さまが出している辻番のお侍や、向こうの柴井町の番屋の町役人

が、空の籠に天秤棒を持った男が、傘も差さずに歩いていたと」

「うん」

「でも、怪しいやつというのは、誰も見てないんです。伊右衛門らしき男を追いかけているような者もいなかったし、急いで逃げていくようなやつも目撃されていないんです」

亀無は、三ノ助の報告を聞くうち、だんだん頭が垂れていったが、不意に顔をあげ、

「へえ。すると、下手人は突如としてあそこに出現し、伊右衛門の右胸と左胸を刺し、雨が降る闇のなかに忽然と消えてしまったわけか？」

と、言った。

「そうなりますよね」

「あるいは、あの近所の者の仕業ってことになるぞ」

「ええ。そう考えてしまいますよね」

「でも、少なくとも現場の周辺の店には、あるじはもちろん、手代だの小僧だののなかにも、ゆうたなんて名前のやつはいなかったぜ」

「怪しいやつは？」

「そういうのも、とくにいなかったなあ」

　亀無は、さっき声をかけてきた町役人のほうを見て、

「ここらに、ゆうたって名前の男はいるかい？」

「伊右衛門が最後に叫んだって名前でしょ。それが、あたしたちも知らないんですよ」

「そうかあ。伊右衛門の長屋にもいないっていうしな」

「ゆうたじゃなくて、ちゅうた、だったんじゃないですか？」

　と、町役人は言った。

「ちゅうた？」

　そう言われると、間違えそうな気がしてくる。

「あるいは、ぎゅうたとか？」

「ぎゅうたかよ」

「牛の太って書くんです。なにせ、胸を刺されたときの言葉でしょう。傷から息が洩れて、聞き取りにくくなっていたのでは？」

「それもあるか。しゅうた、きゅうた、みゅうた、にゅうた、ひゅうた……ああ、わからなくなってきた」

亀無が頭を掻きむしると、町役人は恐ろしいものでも見るみたいに、怯(おび)えた顔をした。

六

番屋を出ると、三ノ助は、

「ゆうた探しを徹底してやりましょうか?」

と、訊いた。

「ちょっと待ってくれ。その前に、伊右衛門の住まいに行ってみようじゃねえか」

ということで、亀無と三ノ助は、木挽町七丁目の裏にある伊右衛門の長屋にやってきた。

長屋の路地はひっそりしていた。皆、伊右衛門の墓に行ったのかもしれない。

そう思ったが、線香の匂(にお)いがする家をのぞくと、大家の竹蔵が放心したように座っていた。

「おう、大家さんじゃねえか」

「これは旦那」

「どうした？　墓に一緒に行ったんじゃないのかい？」

「そのつもりだったんですが、大家さんは顔色がよくないから長屋で休んでいたほうがいいと、置いていかれたんですよ」

「ああ。年寄りは無理しねえほうがいい」

竹蔵は七十は超えているだろう。髪は真っ白で、しかも髷（まげ）はだらしなく横に垂れ、一緒にお墓に行ったりしたら、伊右衛門の代わりに土の下に埋められないともかぎらない。

「寺は白金と言ってたな？」

亀無は訊いた。

「ええ。玄妙寺（げんみょうじ）とかいう寺だそうです」

「ここは伊右衛門の家だったのかい？」

「そうです。こうして座っていると、伊右衛門と話したことがよみがえってきます。話ったって、たいがいは長屋の誰それが困っているので、助けてやろうとか、そういう話ですが」

「へえ」

「ほんとに気持ちの優しい男でした」

「でも、家はもう片づけちまったのかい？」

四畳半と板の間だけの部屋だが、なかにはなにもない。

「いいえ、あたしはなにも触っていません。昨夜のまんまです」

「家財道具はどうしたんだ？」

「もともと、なにもないんです」

「え？　これじゃあ、まともな暮らしは送れないだろうよ。布団くらいはあるだろう？」

と言って、亀無は押入れを開けた。薄い布団だけがあったが、とてものこと人が寝るものではない。煎餅の親子が寝るような布団である。

仏壇も位牌もない。神棚もどこかのお札もない。

長屋にはたいがい、「火の用心」だの「イボ御免」だのといったお札が貼ってある。「貧乏神来たら殺す」というお札も見たことがある。

「伊右衛門てえのは、不信心だったのかい？」

亀無は訊いた。

「そんなことはないですよ」

「でも、なんにもないぞ」

「そうなんですよね。それは、あたしも不思議だなとは思っていたのですが、なにせあれだけ立派な男ですから、とくに訊いたことはなかったです」

「仏や神を頼らなくても、人間というのはそんなに立派になれるのかね。誰か、人生の師匠のような人はいなかったのかい？」

「うーん、どうなんでしょう」

大家は首を傾げた。

そのうち、ひとり、またひとりと、寺から長屋の住人が帰ってきたので、大家も住人と話をするため、席を立って出ていった。

亀無はひとつため息をつき、

「なんて偉いのかねえ」

と、唸った。

つい、自分を省みてしまう。

同心という仕事柄、悪人は捕まえる。

だが、それは仕事だからしかたなくやっているので、仕事でなかったら、悪人とわかってもそのうちの何人かは逃がしてやったかもしれない。悪人に共感したりすることもあるからだ。

悪事を十段階に分け、いちばん上が人殺しとかだとすると、いちばん下あたりの悪事は、亀無自身、けっこうやっている。

道端の柿をいただいた。ごみをそこらに捨てたりもした。嘘はしょっちゅうつく。調べのためには、人を騙したりもする。

なによりも、自分には他人の失敗や欠点をおもしろがる、底意地の悪いところがある。

これは、自分の気持ちが相当よこしまであることを証明しているだろう。

「三ノさん。あんた、自分を偉いやつだと思うかい？」

亀無は訊いた。

「滅相もない。十手を預からしてもらってるんで、偉そうな面はしてるかもしれませんが、十手を返したら、恥ずかしくて顔なんかあげて歩けませんよ」

「おいらもだよ。顔よりもまだ、尻を見せて歩きたいくらいだよ。尻は嘘ついたりはしないからな」

「まったく伊右衛門みたいな男が、岡っ引きをやればよかったのかもしれませんね」

「そういえば……」

伊右衛門は、自分で自分の墓を作ったと言っていた。

「おい、三ノさん。ちっと行きたいところが出てきたよ」

「どこへでもお供しますよ」

「でも、今日はもう疲れた。明日にしよう」

亀無はそう言って、奉行所に引き返すことにした。奉行所に帰れば、いろんな書類を書かされるという仕事が待っているのだが。

七

翌日——。

亀無剣之介は、高輪（たかなわ）の高台をのぼってくだり、白金村へやってきた。三ノ助も一緒である。

ここの玄妙寺という寺に、伊右衛門の墓があるという。

「拝むためじゃないですよね？」

三ノ助は不思議そうに訊いた。

「拝むというより、見てみたいんだよ」

じつは自分でもわからない。墓を見てなにがわかる？　という気持ちもある。

だが、この殺しの裏側には、金とか恨みとか、普通の殺しにはないものがあるような気がするのである。だから、とりあえず伊右衛門が自分で作ったという墓を見てみたかった。

玄妙寺は、白金村の端にあり、墓場の向こうには広尾ヶ原と呼ばれる広大な草原が広がっている。

樹木や丈の高い草は少なく、土筆だとか蓬などの雑草が繁茂しているのも、このあたりの特徴だった。

玄妙寺は小さな寺で、和尚と小坊主ひとりと寺男の三人が、雑草をおかずに、少しの玄米だけで暮らしているといった風情である。

伊右衛門の墓を訊ねると、六十くらいでしなびた沢庵の尻尾に似た和尚は、

「ああ、あいつなあ」

と、困った顔で言葉を濁した。

「なにかあったので？」

「うん。先祖代々の立派な墓があったのに、それは表面を削ったうえで売ってしまい、自分の墓を作ったのさ。それも、どこかで拾ってきたらしい石でな」

「代々の墓があったんですか」

「だって、あれの家はもともと札差をしていた大金持ちだったのだぞ。うちの檀家じゃ唯一の金持ちだったんだ。それを、あいつが潰したばかりか、寺への寄進も怠るようになってな。わしも宗教者の端くれだから、貧乏には強いつもりだ。だが毎日、玄米に漬け物だけというのは駄目だろう。せめて納豆くらいはつけたい。育ち盛りの小坊主だっているんだから、まったく困ったものさ」

和尚は、谷間の墓場を渡る風のように、蕭条とため息をついた。

「武州の春日部の出だと聞きましたが？」

と、亀無は訊いた。

「それは何代も前の話だろう。あれは、浅草生まれのはずだよ」

「そうだったので」

札差の家柄というのは驚いた。

寺男に案内され、伊右衛門の墓の前に来た。

「これだよ」

寺男は無愛想にそう言って、本堂のほうに引き返していった。

「これか」

こぶし大よりは大きいが、沢庵石よりは小さい。

だが、亀無はひと目見て、

——いい墓だなあ。

と、思った。

自然石に〈いえもん〉と刻んだだけ。なんの気取りもない。見栄もない。小さな足跡のような墓。自分も死んだときは、こんな墓におさまりたい。

長屋の連中が来ていったのだろう。しおれた花がいっぱい散らばっている。線香の燃え尽きた跡もある。

じっと見ていると、

——ん？

妙なことに気がついた。

いえもんの「も」の字の一部が、ほかの線よりちょっと太く感じられたのだ。

十の字？　というより、下の棒がやや長いように見える。

——まさかな。

と、思った。

簡単な印である。が、亀無は初めて見た。

手で触って確かめる。やはり、下が長い十は深く刻まれている。

「どうかしましたか？」

三ノ助が訊いた。

「うん、ちょっとな」

迂闊なことは言えない。

ふと、足音がした。

振り向くと、女が来た。

きれいな女だった。歳は二十三、四くらいか。化粧が濃く、芸者でなかったら、水商売の女将といったところだろう。

女は亀無と三ノ助に頭を下げ、伊右衛門の墓の前に座り、しばらく手を合わせていた。亀無も遠慮をし、少し離れて祈り終えるのを待った。

女が立ちあがったところで、

「あの」

と、亀無は声をかけた。

「はい？」

「伊右衛門とは、どういう関係だったんだい？」

「以前、夫婦でした」

「そうなんだ」

女房がいたというのも意外である。

「あの人が誰かに殺されたなんて信じられません」

もと女房は首を横に振った。

「いい人？　だったら、そんないい人となんで別れたんだい？」

「あたしより大切なものがあると聞いてしまって、若かったわたしは、カッとなってしまったんでしょうね」

「大切なものってなんだい？」

「それがよくわからないんです。人とのつながりみたいなものですかね」

もと女房は首を傾げた。

「伊右衛門は、自分の氏素性(うじすじょう)を、長屋の人たちには隠していたみたいなんだけどね」

と、亀無は言った。

「どう、隠していたんです？」

「武州の春日部生まれで、日照りで一家離散したって」

　女は笑って、

「ああ、それは嘘ですよ。伊右衛門さんは、浅草の黒船町（くろふねちょう）にある大きな札差の跡継ぎでした」

「知ってたのかい？」

「でも、伊右衛門さんは、それを恥ずかしいことみたいに思っていたんです」

「ふうん」

「いい人でした。それは間違いないです。でも、あたしは結局、伊右衛門さんのことをなにもわかっていなかったんですね」

「難しい男だからな」

　と亀無はうなずき、

「人のつながりってのが気になるがね」

「わたしもよく知りませんが、なにか悩みを打ち明けたり、励ましあったりする仲間だとは言ってましたよ」

「ほう」

「あんたも、もう少し大人になったら入れてあげるみたいに言われてました」

「大人に?」

「あたしはまだ、十七くらいでした。伊右衛門さんのことが好きでたまらなかったけど、それはただ、一緒に遊びたかっただけで、伊右衛門さんはもっと深いつながりを求めていたのかもしれません」

「仲間との付き合いは深かったんだ?」

「そうかもしれません」

「大勢いたのかい、その仲間は?」

「大勢ではないけど、いろんな人がいるとは言ってましたね。貧乏人だけじゃない、日本橋の大きな薬屋の息子もいると」

「日本橋の薬屋の息子……」

現場のそばの万世堂の店主もそうではなかったか。

亀無は初めて、あの男に疑いを持った。

八

それから一刻ほどして——。

三ノ助が日本橋万世堂の若い手代を、甘味屋に連れてきた。

亀無は、その手代に背を向けるかたちで、後ろ向きに座っている。町方の同心が訊いても、あるじに気を使ったりして、本当のことは話さないかもしれない。

それで三ノ助が、さりげなく十次郎の縁談相手の親戚（しんせき）らしく装い、話を訊くことにしたのだった。

「ざっくばらんに訊いてしまうけど、芝店の十次郎って人は、どういうお方なんだい？」

と、三ノ助は訊いた。

「お汁粉（しるこ）、食べてもいいんですか？」

「いいよ、いいよ」

運ばれてきた汁粉をひと口すすり、

「十次郎さんてのは変わった人ですよ」

と、手代は言った。

見るからに洒落者で、人も悪くはないのだろうが、いかにも軽い。ただ、若い娘たちには、さぞかしもてるはずである。

「ほう。どんなふうに変わってるんだい？」

「なんと言うんですか。同じ歳なんですよ、あたしと十次郎さんは。だから、一緒に遊んだりもしてきたんですが、子どものときから、いろいろ考えこむ性質でしてね」

「なにを考えこむんだい？」

「おれたちは、なんのために生きてると思う？　とか、急に訊いたりするんです。そんなこと訊かれても困るじゃないですか。あたしなんか単純だから、いい女とやって、うまいものを食うために生きてるとか答えると、馬鹿にされたりしました」

「十次郎さんは、なんのために生きてるんだい？」

「さあ。でも、それは簡単に答えを出せないんじゃないですか」

「だよな」

「金なんか儲けてもしかたがない、なんてことを言ってたときもありますよ」

「ほう」

「商人が金儲けをしなかったら、なにやるんだって話ですよね」

　手代は馬鹿にしたように笑った。

「まあな」

「ま、あたしらと話してもしかたがないと思ったんでしょうね。どこかで、そういう話をする仲間が見つかったみたいで、そのうちしなくなりましたけどね」

「どこの仲間なんだい？」

「それはわかりません」

「どういう人たちなんだろう？」

「あたしが見かけたひとりは棒手振りでしたよ」

「棒手振りねえ」

「伊右衛門さんて呼んでたかなあ」

「ふうん」

　確信に触れた。だが、三ノ助はなにげなく訊いている。さすがだ、と亀無は感心した。

「でも、十次郎さんも、いつまでもそういうことは言ってられないでしょう。新しく作った芝の店をまかされましたし、嫁ももらいますしね」

手代は、あんたもそれで来たんだろというように、にやにや笑った。

「店はうまくやれてるのかい？」

「やれてるみたいですよ。もともと頭はいい人ですから、あれくらいの店の帳簿はつけられるでしょうし、こっちからも薬にくわしい手代が、応援に行ってますのでね」

「なるほどな」

三ノ助はうなずき、そっと亀無を見た。

亀無は、もういい、というように、両手で×を作った。

手代が店に戻ると、亀無のところに来て、

「なにかぴんと来ましたか？」

「ちょっとだけどな」

「伊右衛門の名は出てきましたね」

「ああ、よく引きだしてくれたよ」

「でも、全体となると、あっしにはさっぱりですが」

「うん。まだ、おいらと三ノさんとのあいだだけの話にしてほしいんだけど、隠れキリシタンて知ってるかい？」

「名前だけは聞いたことはありますが、そんなのほんとにいるんですか？」

三ノ助は、天狗（てんぐ）やのっぺらぼうの実在を問うような調子で言った。

「いるらしいぜ。江戸近辺でも、武州岩槻界隈（いわつきかいわい）にけっこういるって話はあるんだ。ただ、とくに悪さをするわけでもないし、むしろ善良な人間が多いというんで、奉行所でも強（し）いて調べたりはしないとは聞いたことがある。いわば、暗黙（あんもく）の了解ってやつさ」

「じゃあ、十次郎が入ったという仲間が？」

「うん。ひょっとしたら、その仲間のひとりが伊右衛門だったのかも」

「へえ」

「ただ、隠れキリシタンだからといって、なんで伊右衛門が殺されたのかはわからない」

「仲間同士で、なにか諍（いさか）いがあったのかもしれませんね。それに、ゆうたがいたのかも」

「ゆうたねえ」

亀無は肩をぐるぐるまわすようにした。

「どうかしたので？」

「ほんとにいたのかね？」

「え？」

「そもそも伊右衛門はあのとき、『ゆうた、てめえ、なにしやがんだ』って叫んだんだろう。伊右衛門がそんな口の利き方をするかね」

「じゃあ、聞き間違いですか？」

「いや、芝居だったかもしれねえぜ」

「芝居？」

「だから、ゆうたってのが、この世にいるかどうかもわからないのさ」

「はあ」

三ノ助は唖然（あぜん）となっている。

「この調べは、いろいろ微妙なことになるかもしれねえなあ」

亀無は、顔をしかめて言った。

九

芝の万世堂の若いあるじである十次郎は、店先で品揃いを確かめていた。小さな店にしては、まんべんなく取り揃えてあると思う。

手代の新吉は、品川にある薬種問屋へ出かけていった。風邪の薬でよく効くという薬ができたらしいので、仕入れにいかせたのだ。

――けっこう頑張ってるよな。

と、十次郎は思った。

自分でも意外だった。

こんなに仕事に熱心になれるとは、思ってもみなかった。伊右衛門が生きていたら、やっぱりこれを堕落と言っただろうか。

店が軌道に乗ったら、伊右衛門の墓参りにも行きたい。

白金の玄妙寺にある墓には、伊右衛門と一緒に行ったことがある。自慢の墓であり、いかにも嬉しげだった。

――伊右衛門殺しの調べはどうなっているのか。

多少の不安はある。

昨日、宇田川町の町役人にちらりと訊いてみると、

「担当の亀無という旦那は、頭を掻きむしっていたよ」

町役人はそう言って苦笑していた。

そんな同心では、あの頭のいい伊右衛門が仕掛けた嘘を見破り、真実にたどりつけるわけがなかった。

そのとき、

「やあ」

後ろから声がかかった。

もじゃもじゃ頭の同心が笑っていた。同心の後ろには、いかにも如才(じょさい)なさそうな岡っ引きが、とぼけたみたいにそっぽを向いている。

「あ、同心さま」

「看板は新しいんだね」

じろじろ看板を見ている。

「新しいですよ」

「神棚は置かないのかい？」

帳場の上を指差して訊いた。

どきりとした。

たしかに、たいがいの帳場の上には、商売繁盛を願う神棚があったりする。正月の破魔矢(はまや)とか熊手(くまで)が飾られていたりする。

「いや、置きますよ。頼んであるところです」

「そうだったんだ」

亀無はうなずくが、その目はさらに奥までのぞこうとしている。

なにか疑いを持ったのだろうか。

――おれをかばってくれたあんたのためにも、おいらは絶対に白を切りとおすからな。

十次郎は内心で、伊右衛門に言った。

「じつは、さっき、日本橋の万世堂に行ってきたんだけど、十次郎さんは数年前、ずいぶん悩んでいたそうだね」

「ええ」

「そのとき、親身になって相談してくれた人がいたんだって?」

「誰のことですかね。何人かそういう人はいました」

「棒手振りの伊右衛門」

「ああ、はい。あの人にも、相談しました」

「この前、そこで死んでた男は、伊右衛門だぜ」

「え」

十次郎は、自分の顔が青ざめるのがわかった。だがそれは、あるべき反応のはずだった。

「知らなかったかい？」

「気がつきませんでした。というより、あのときは恐ろしくて顔をよく見ることができなかったのです」

「うん、そう言ってたよな」

「そうですか。あの伊右衛門さんが殺されたのですか」

十次郎は、上がり口に腰をかけた。実際、立っているのは耐えられなかった。

「伊右衛門の前の女房にも会ったんだよ」

「へえ、そうですか。女房がいたときがあったんですか？」

じつは聞いていた。

実家は浅草黒船町の大きな札差。だが、店の財産をほうぼうに寄進し、潰してしまった。その前後に、女と暮らしたこともあったと言っていた。

「そうなんだよ。伊右衛門は棒手振りをしてたけど、じつは札差の跡取り息子だったんだぜ」

同心は、誰も知らない秘密をひけらかすみたいに言った。

「へえ。そうだったんですか」

ここは、あまり親しくはなかったのだと思わせたほうがいいのだろう。

「悩んだときに、神に祈ったりもしたのかい？」

と、亀無は訊いた。

もしかして、伊右衛門が隠れキリシタンだったことを突き止めたのだろうか。

だが、それを知っている者はほとんどいない。

かつての四人の仲間も、ひとりは死に、もうひとりは長崎に行ってしまって、誰も証明できる者はいない。

「それは苦しいときの神頼みで、そのときは祈るみたいなこともしましたが、どの神さまとかいうのはなかったですよ」

「そうなのか」

亀無は首を曲げ、奥に目をやっている。

「あがられますか？」

と、十次郎は訊いた。

十次郎の目は奇妙に澄んでいた。

「え？」

「お茶でもご希望なら、なかでお出ししますが？　あるいは、疲れに効く薬湯でも？」

裏の部屋だろうが、二階の部屋だろうが、見られて困るものはなにひとつない。血もきれいに拭き取ってある。落とした物もない。

殺しの証拠はすべて消え失せているのだ。

「いや、いいんだ」

亀無は落胆したように言って、立ちあがった。

「三ノさん、あいつだよ。伊右衛門を刺したのはあいつだ」

店を出てすぐに、亀無は言った。

「そうですか」

「だが、店のなかに入っても、なにも証拠は見つからねえな。きれいに処分しているはずだ」

「あっしもそう思います」

「しかも、殺した理由も、恨みだの金のことだのじゃない。たぶん、商売人としてやっていくつもりになった十次郎は、伊右衛門の仲間を抜けたくなった。だが、抜けさせてもらえず、間違って殺したみたいなことかもしれねえ」

「なるほど」

「伊右衛門はたいした人格者だ。十次郎の失敗をすぐに許し、みずから、ほかの人間に殺(や)られたように現場を作ったんだ。証拠なんか出るわけがねえ」

「だったら、隠れキリシタンてことで引っ張ったらどうです？　あれはご禁制(きんせい)でしょう？」

「それは駄目だよ。おいらたちは町方なんだ。寺社方じゃねえ。人殺しの罪で、あいつを裁くのが仕事なんだから」

　亀無はきっぱりと言った。

十

亀無が晩飯を食べ終え、疲れて横になったところに、

「剣之介さん、戻ってる?」

玄関で声がした。

「あ、志保さんだ」

娘のおみちが喜びの声をあげた。

亀無もすばやく起き直り、着物の乱れを直した。

隣に住む与力の松田重蔵家に出戻ってきている幼馴染みの志保が、猫のにゃん吉を抱いてやってきた。

おみちは素直に喜ぶが、亀無はひそかにめちゃくちゃ嬉しい。

「剣之介さん。お疲れのところを申しわけないんだけど、また兄が呼んでるの」

「そうか」

そろそろ呼びだされるころだとは思っていた。調べの進捗状況を訊ねられ、そして、きわめて斬新な視点からの忠告がいただけるのだ。

いったい、どこからそういう視点が得られるのか。松田重蔵は、両目のほかにもうひとつ、足の裏あたりにも目があるとしか思えない。

恐るおそる隣家に顔を出すと、松田重蔵は玄関脇の部屋で刀の手入れをしているところだった。

ところが、その刀がどうもおかしい。光がまったくない。

「松田さま。その刀は？」

「うむ。頼んでおいたのができあがってきたのだ。どうだ、いい刀だろう？」

「いい刀？　おいらには竹光にしか見えないのですが？」

「だから剣之介は、眼力が足りぬというのだ。これは、備前長船の名刀に竹を薄く切ったやつを貼りつけただけなのだ」

「え？　なぜ、そんなことを？」

「この刀を抜けば、相手は竹光かと思って油断するであろう。それがひとつ」

「はあ。もうひとつは？」

「これで戦えば、もちろん相手を叩き斬ることになる。だが、相手は竹光で斬られて死んでいくことになる。その情けなさ、悔しさはひときわであろう」

「それは、まあ」

「自分はなんと情けないやつだったのかと、反省ひとしきり。悪党が最期に反省して死んでいけるよう、これはわしの慈悲のようなものだ」

「なるほど」

「それで、例の棒手振り殺しだが、まだ下手人のあたりはつかぬのか？」

松田から訊かれた。

「あたりはついています。たぶん、薬屋万世堂のあるじの十次郎ですが、証拠がまったくないんです」

「証拠がなくてあたりをつけたのか？」

「じつは……」

亀無は、いままでわかったことをすべて松田に語り、

「こんなことは初めてです。殺された男が下手人をかばうため、みずから証拠を消してしまっているのですから」

「そういうことか」

「まるで、死んだ伊右衛門と智恵比べをしているみたいです」

「死んだ男に負けては恥だぞ」

「それはそうですが」

「隠れキリシタンの筋から攻めようなどとは、考えてはいないだろうな？」

「それは駄目だと思っていたのですが、こうなるとやむをえないのかと迷いはじめています」

「踏み絵でもやらせる気か？」

「踏み絵？」

「かつて、キリストの絵を踏ませ、踏めなかったらキリシタンだということをやったらしい。だが、いま、キリストの絵など描けるものはおらぬぞ。そんなものは、この国で見られなくなってから、二百年ほど経っている。描けと言われても誰も描けない。変な親父の顔を描いて、これを踏めとか言っても、臭い足でべた踏むぞ」

「たしかに」

「では、十字架でも描き、それを踏ませるか？」

「ははあ」

「だが、そやつの名は十次郎だろう。兄貴はいるのか？」

「次男です」

「だったら、使ってる下駄なんかは区別するのに、十の字を彫っておいたりしたに違いない」

「…………」

そんなことは知らない。松田の勝手な思いこみだ。

「だから、十次郎は平気で、十字架も踏む」

「…………」

「駄目だ、駄目だ、剣之介。あまりに、キリシタンにこだわるからだ。じつはな、南町奉行所には、隠れキリシタンではないかと噂されている与力がいる。佐久間長興といって、大昔に有名だった原主水の子孫にあたるのだ」

「そうなので」

まさか奉行所に、そんな人物がいるとは思わなかった。

「だが、わしは人間、なにを信じてもいいと思っている。キリストを信じようが、猫が神さまだと信じようが、饂飩を神さまだと拝もうが、そんなことは人の勝手だ」

「おお」

と、亀無は思わず称賛の声をあげた。

やはり松田は人間が大きい。途方もなく大きい。ただ、松田は恐ろしく頓珍漢なだけなのだ。

「わしなら……」

「はい」

今度ばかりは、期待をこめて次の言葉を待った。

「天を仰ぐ」

「うっ」

身体から力が抜けていくのがわかった。

だが、さすがの松田ですら天を仰ぐことしかできない。それほどの難事件なのだった。

十一

「そうか。天を仰ぐのか」

と、つぶやきながら松田の家を出て、隣の自分の家に入ろうとしたとき、

「亀無さん」

闇のなかから声がかかった。聞き覚えのない、くぐもった声である。昼間には

似合わない、善男善女はまず出さない、思惑と暗さに満ちた声でもある。

亀無は足を止め、

「なにかな」

と、訊いた。

「ちょっと話があるので」

声はするが、姿が見えない。

すでに刺客への警戒心が湧いている。以前にも、襲われたことがあった。

刺客だとすれば、ふたり目である。何者かが、亀無を亡き者にしようとしているらしい。

「まずは姿を見せてもらおうか」

と、亀無は闇の声に向けて言った。

「それはまずいんです。こっちに来てください」

「やめておくよ」

「そっちの天神さまの境内で」

「いや、お断わりだ」

「恐いんだ？」

「恐いよ」

素直に認めた。亀無は素直なのである。

「情けないやつだなあ」

挑発するように言った。

「そうなんだよ。おいらは情けないいんだ」

亀無は挑発に強い。いくら挑発されようが、笑われようが、まるで動じない。

「………………」

呆れている気配だった。

「情けないから、あんたが予想していないこともやっちまうぜ」

「え？」

「曲者（くせもの）だ！　出てきてくれ！」

亀無はいきなり大声をあげた。

「なんだ、なんだ？」

「どこだ、曲者は？」

たちまち、周囲から声があがった。

「なんてやつだ」

刺客は呆れたように言った。

「八丁堀から逃げるのは容易じゃないぞ」

「きさま！」

影が現われた。

と同時に、亀無に向かって突進してきた。

すでに刀が抜き放たれ、右手一本で肩に担ぐようにしていた。短めの刀身であることも亀無は見て取った。

亀無の腰が落ち、刀に手がかかった。

刺客はひるまない。

亀無を斬り、そのまま駆け去るつもりなのだ。

右に飛び、身体を横向きにしたまま、抜き放ち、そのまま水平に滑らせた。

鳳夢想流、水平斬り。

刺客はつんのめるように倒れた。胴を深々と斬っていた。峰打ちにして、正体を聞きだすべきだったかもしれないが、峰を返す余裕はなかったのだ。

「どうした、亀無？」

いちばん最初に飛びだしてきたのは、松田重蔵だった。例の竹光をひっさげている。

松田の腕は、人格と同じで謎である。一応同じ鳳夢想流免許皆伝であるうえに、同じ師匠から秘太刀まで伝授されているが、亀無はいままで五百回ほど立ちあって、一度も松田に負けたことがない。

だが、師匠には、亀無より自分のほうが強いと思わせたのだろう。

そんな松田に、

「いきなり襲われました」

と、亀無は言った。

「剣之介、気をつけろ。おまえがわしの懐刀だと思っているやつの仕業だ」

「そうなので」

「わしに懐刀などはないのにな。おまえはただの幼馴染みだ」

「はい」

ただの幼馴染みで、なぜ刺客に襲われないといけないのか。自分はつくづく損な役まわりだと思ってしまう。

亀無は刀の血脂をぬぐった。

そして、天を仰いだ。

血と天。天と血。

——あ。

それで閃（ひらめ）いたことがあった。

十二

伊右衛門殺害の現場に人だかりがあった。

真ん中に倒れているのは、亀無剣之介で、その周囲に与力の松田重蔵や検死方の同心、三ノ助のほか、色色甘甘堂のあるじと万世堂の十次郎もいた。

さらにそのまわりを何人もの奉行所の中間が囲み、押し寄せる野次馬を追い払っている。野次馬の目的は、数日前の事件の現場ではなく、与力の松田重蔵だった。

「松田さまが来ておられるぞ」

「きゃあ、松田さま」

相変わらず、巷（ちまた）の松田重蔵の人気は絶大である。

この人気のため、松田を憎む幕閣も、どうにも手が出せずにいるのだった。松田を左遷したり排除したりしたら、その命をくだした責任者に、どれほどの非難が集中するか。

「赤穂浪士が百組ほど押しかけるだろう」

というのが、おおかたの推測だった。

この松田人気を支えているのは、第一に見目のよさだろう。

第二に、たとえ幕閣相手であろうと、歯に衣着せぬ正義の主張。

そして第三の理由が、殺しの解決だった。どんな難事件も、松田の指示によって、解決できないものはない。江戸の町人に言わせると、松田重蔵こそ、江戸の守り神なのだった。

「亀無。はじめよ！」

松田重蔵の声が轟いた。

同時に野次馬たちから、

「日本一！」

「名裁き！」

などの掛け声があがった。

亀無はむっくり頭をあげ、

「まずはこれを見ていただきましょう」

と、人の身体を描いた絵を指し示した。

「これは、亡くなった伊右衛門の遺体を写した絵です。この、胸のふたつの傷をよく見ていただきたい。右胸の傷は、背中にもあります。つまり、刃物は背中の裏まで、深々と貫いたわけです」

「そうだな」

と、松田がうなずいた。

「ところが、左胸に刺さり、伊右衛門が柄を握っていた小出刃では、背中まで出るほど、刃は長くないのです」

「なるほど、右胸は別の刃物で刺されているというわけだな」

松田の言葉に、野次馬がドッと湧いた。

「そうです。おそらく伊右衛門は亡くなる前に、自分の小出刃で左胸を突いたのでしょう。その理由は、ひとつには別の刃物で刺されたという事実を隠すため、そしてもうひとつは、右の頰を打たれたら、左の頰を差しだせというような、伊右衛門の優しさがあったと思われます」

それは、キリシタンの教えであるはずだった。

亀無は、昔、友人から笑い話のようにこの教えを聞いたことがあった。キリシタンとは、ずいぶん妙な人たちだと思ったものである。

だが亀無は、キリシタン云々については、松田の意向を受け、いまは言わずに通すことにしていた。

「伊右衛門はなぜ、そんなことをしたか。おそらく、下手人をかばったのでしょう。伊右衛門はほかにも、真実をごまかそうとしました。この体勢を見たら、誰でも表通りを下手人に追われ、路地に逃げこもうとして刺されたと思うでしょう。だが、真実はその逆であるはずです。つまり、伊右衛門はこの路地の奥で刺され、ここまで出てきたのです。そして、この路地のなかにあるのは、すぐ手前に色色甘甘堂の裏口、なかほどに万世堂の裏口です」

亀無がそこまで言うと、色色甘甘堂のあるじが、

「わ、わたしはやってないぞ！」

と、裏返った声で言った。それはいかにも怪しかった。

十次郎は黙ったままである。

「この推察に自信はあります。ただ、証拠がない。証拠がなければ、町方は下手人を裁くことはできない。もし、血の跡が点々と残っていたりしたら、それはま

ぎれもない証拠となるのですが、あいにくあの晩は雨が降っていました」

「ああ」

と、野次馬から落胆の声があがった。

「血は、雨と一緒に沁(し)みこんだり、流れたりしてしまいました。万事休(ばんじきゅう)す。おいらもそう思いました。ところが、天は真実を覆(おお)い隠すことはしませんでした。まず、ご覧ください」

亀無の合図で、三ノ助が用意しておいた桶(おけ)の水を、あたりに撒(ま)きはじめた。

あたりが水浸しになったとき、

「血というのは、かなりの脂を含んでいるんです。そして、地面に沁みこんだように見えても、じつは血のなかの脂はまだ土にくっついて残っていたりするのです。真横から見ると、よくわかりますよ」

皆、いっせいに腰をかがめたりして、水が撒かれたあたりを見た。

「あっ！」

脂が浮き、それは横から見ると、虹色の輝きを見せていた。

「脂はどこに続いていますか？」

皆、その跡を目でたどった。

脂のあとは路地のなかへと続き、そして途中できれいに途切れた。

そこは、万世堂の塀の隠し戸のところだった。

「どうだ、十次郎？」

亀無が十次郎を見て訊いた。

「……ああ、なんてこった。伊右衛門、すまない」

十次郎はがくりと膝をついた。

「縛りあげろ！」

松田の朗々たる声が轟いた。

後ろ手に縛られた十次郎が歩きだした。

「なんで伊右衛門を殺したんだ？」

歩きながら、亀無は訊いた。

こんなにも、なぜ？　と疑問だった殺しは初めてだろう。

「刺したのは間違いないですが、もちろん殺そうなんて思ってませんでした」

十次郎は言った。

「だが、匕首で刺せば、死んでも不思議はないだろうよ」

「そうです。それは、逃げたくなったからです」

「逃げたくなった？」

「旦那は、いい人の恐さって感じたことがありますか？」

「いい人の恐さ？」

「ええ。曇りのない目で見つめられ、こっちの生き方を振り返ったときに味わう恐さですよ。いい人ってのは、ものすごく恐いものですぜ」

亀無はしばし考え、

「それはわかるぜ、十次郎。すごく、よくわかる」

と、かすれた声で言った。

——なぜ、それがわかったのだろう。

亀無は不思議だった。

恐いほどいい人が、自分のまわりにいるだろうか。松田重蔵も志保も、いい人間ではあるが、恐さを覚えるほどではない。自分と同じ弱さも抱えているし、悪事をしてしまいそうな危なっかしさもある。

だが亀無は、いい人の恐さというのをひしひしと感じた。

それは、つねづね自分のなかにある悪や罪を、うすうす意識していたからだろうか。

「わかってもらえますか。あたしは、それから逃げたかっただけなんですよ」

そう言って、十次郎は歩きながら号泣（ごうきゅう）した。

亀無はなすすべもなく、十次郎に寄り添って歩き続けるしかなかった。

第二話　浮世絵の女

一

「まだ描いているのか？」

町絵師の江州斎喜楽が、庭をはさんだ離れにある仕事場に顔を出した。

弟子の様子を見にきたのだが、部屋にいたのは三人いる弟子のうち、ひとりだけだった。

まもなく陽が暮れる。ひとりは新しい版元まで行ったので、まだ戻らないのだろう。もうひとりは、徹夜明けなので、早めにあがると言っていた。

喜楽は、弟子に対してあまり厳しくするのは好まないのだ。その分、おのれの作品には厳しくしなければならないと思っている。

「朝顔の女を描き直そうと思うんです」

顔をあげて答えたのは、弟子のはなである。

描いているのは美人画で、満開に咲いた朝顔の鉢（はち）を抱えている若い娘が題材だった。

美人画だから娘は当然きれいだが、朝顔も本物の花のような美しさである。

いまは五月（旧暦）。

朝顔が咲くには早いが、まるで見ながら描いたように、朝露を帯びた紺色（こんいろ）の鮮やかさや、花びらの薄さまで描ききっていた。

「充分、いい出来だと思うがね」

立ったまま絵を見おろして、喜楽は言った。

これ以上、どこを直すというのか。

「いえ、まだ納得がいきません」

「どこがだい？」

「この娘には、少し不幸の影を入れたいのですが、それがなかなか出ないんですよ」

「不幸の影……」

そこまで描きだそうという執念（しゅうねん）に、喜楽は内心、舌を巻いた。

はなは、今度、初めて自分の絵を、しかも連作で売りだすことになっている。

版元も力を入れていて、毎月五枚ずつ、六か月連続で発売する予定である。

題材は、花と女。すでにふた月分の十枚は渡してあり、いまごろは彫師が精魂こめて彫り進めているはずである。

この〈朝顔の女〉は、第三弾として発売される。

絵師としての名前も決まっている。

江州斎華絵。

本名が組みこんであるので、自分でも愛着のある号になったはずである。

「売れるよ」

師匠が太鼓判を押したのだ。「美人画の喜楽」と言われる人気絵師である。熱烈な贔屓筋もいっぱいいる。

喜楽の女は、きれいなだけじゃない。実際、この女と付き合っているみたいな、現実味を感じるのだという。

その喜楽門下の逸材となれば、多くの人が買ってくれるに違いない。

「ありがとうございます。お師匠さんのおかげです」

ふたりは見つめあった。

喜楽は、はなの顎を上向かせ、口を吸った。

長い口吸いになった。

「あん」

はなの身体が崩れそうになる。

ようやく唇を離し、だが額はつけたままで、

「絵が世に出たら、もうこんなことはさせてもらえなくなる」

と、喜楽は言った。

はなは激しく首を横に振り、

「そんなことありません。あたしはお師匠さまのことが大好きですから」

と、言った。

喜楽は独り者である。最初の妻は病で亡くなり、以来十年以上、独りでいる。したがって、女の弟子と男女の仲になっても、不思議でもないし、咎められる理由もない。ただ、歳はだいぶ離れている。

喜楽は五十をふたつほど過ぎており、はなは二十三だった。

「そう言ってくれるのは、いまのうちだけさ」

「そんなことないですって」

「おれにはわかるのさ」

そう言うと、喜楽は背中に隠しておいた包丁(ほうちょう)を取りだし、いきなり華絵の胸を突いた。

包丁は奥まで突き刺さった。

「え？」

華絵は、信じられないという顔をした。

「すまんな」

青空から雷(かみなり)が落ちてきたように思っただろう。それは、喜楽にも想像がついた。

「どうして？」

返事を聞く間もなく、華絵は息絶えた。

それから喜楽は、急いで華絵の遺体(いたい)を動かし、使っていた筆(ふで)や絵具も、反対側の机に移すといった工作に取りかかった。

江州斎喜楽は、馴染(なじ)みの飲み屋に顔を出した。

「よう、先生」

あるじの小三郎(こさぶろう)が、だらしなく樽(たる)に腰かけたまま、

「早いのね、今日は」

「ああ、腹も減ったしな。魚でも焼いてくれよ」

「あいよ。じゃあ、くじらの小さいのを一頭ね」

男の裏声が店に響きわたった。

「それと、焼きおにぎりも頼むよ」

「あら、先生も焼きおにぎり、好きなのね」

「嫌いなやつがいるかよ」

喜楽は軽口を叩いた。

ここは三年ほど前にできた店で、芳町で男娼をしていた小三郎が引退し、ひとり娘――なぜか子どももはいる――の紗代とともに出した店だった。

小三郎の話術が楽しく、紗代も愛らしいというので、弟子たちばかりか、喜楽もしょっちゅう飲みにきていた。

案の定、弟子の楽天がいた。

「おう、おめえはもう酒か」

喜楽がそう言うと、

「ほんとよ。楽天ちゃんたら紗代に気があるもんだから、店が開くのを待って、来てるんだから。先生、もっと叱らなくちゃ」

　小三郎が独特のしなをつけながら言った。

「まあ、でも、こいつは昨夜、徹夜して仕事をあげたんだ。それで、早く終わるのはしょうがねえな」

「まったく甘いんだから」

　小三郎は呆れたように言った。

「でも、はなはまだ仕事してるぞ」

　喜楽は、かわいい弟子のはなを褒めるように言った。

「まだしてるんですか？」

「見なよ」

　ここからだと、道をはさんで反対側に見えている仕事場の窓に、華絵が仕事をしている影が映っていた。

「もうじき、自分の絵が売りだされるから、仕事も楽しくてしょうがねえんだろうなあ」

　楽天がそう言うと、

「見習わなくちゃ、楽天さんも」

「おれだって、半年も続けて出るような仕事がもらえたら、頑張るけどさ」

「そんな情けないこと言ってるから駄目なのよ」

紗代が、けっこうきつい調子で言った。

そこへ、一番弟子の楽々が入っていくのが見えた。

「あ、楽々兄さんが帰ってきた」

楽天が窓の外を指差した。

外は陽も落ちて暗くなっているが、猫背で細い身体の楽々は、影だけでもわかるのだ。

「新しい版元に売りこみにいったんだけど、あの調子じゃ、駄目だったんじゃねえか」

と、喜楽は同情のこもった口調で言った。

楽々はいまいる三人の弟子のなかではいちばんの古株で、喜楽のところに来てもう十年以上経つ。

三十を過ぎ、ときおり自分名義の絵も出しているのだが、まったく売れずに、なかなか独立できないでいた。

楽々が入ると、窓の明かりが消えた。

「あれ？　暗くなっちゃったぜ。楽々兄さん、なにする気だ？」

楽天はそう言って、遠慮がちに喜楽を見た。

「なに、どうしたの？」

紗代が、焼きあがった魚と焼きおにぎりを喜楽のいる縁台に置き、外を見た。

「兄さんが入ったら、部屋の明かりが消えた」

「ええ？　まさかねえ」

紗代は笑って言った。

まもなく明かりがついた。

だが、はなの影は無くなっている。

悲鳴のような声がした。

「はながなにかされたのか？」

楽天が言った。

「違うよ。楽々さんの声だもの」

と、紗代が言った。

すると、楽々が部屋からよろけながら飛びだしてきて、道端にへたりこんだ。

「なんだ、あいつ？」

喜楽が言った。

「どうしたんですかね？」

楽天も首を傾げる。

「なんか言ってるわよ」

紗代が耳を澄ました。だが、寝ぼけたような声で、なにを言ってるのかわからない。

「おめえ、見てこい」

喜楽に言われ、楽天は楽々のところに行き、それからいったん仕事部屋をのぞくと、真っ青な顔でこっちに駆けこんできて言った。

「大変です。はなが殺されてます！」

二

翌朝――。

亀無剣之介は、茅場町にある大番屋に来ていた。

ここは、江戸中にある番屋の元締めというより、重罪を犯したと思われる被疑者を、同心がみっちり調べるところだった。茅場町の大番屋は有名だが、江戸市中でほかにもいくつかある。

亀無が向かいあっているのは、小伝馬町に住む絵師の江州斎楽々。

はな殺しの罪で、ここに連れてこられていた。

調べをおこなっている部屋は、なんとも殺風景な、海のない浜辺みたいな印象である。被疑者に逃げられないように、壁に縄を巻きつける金具がついていたりするが、楽々は縛られてはいない。

ただうつむいて、力なく座っている。

ほかに拷問の道具なども打ちあげられた朽木のように置かれてあるので、たいがいの被疑者はここに入っただけで、打ちのめされてしまう。だが、亀無は拷問など一度もしたことがない。

隣の部屋には、岡っ引きや奉行所の中間、ここの役人たちが、茶など飲みながら待機している。

「すっぽんの旦那が、こんなに早く下手人を挙げるなんてめずらしいな」

番屋の役人が小声で言った。

「だって、現場にいたのはあいつだけなんだから、猫でもわかる下手人だろうよ」

岡っ引きが言った。

「そのわりに、亀無の旦那の顔は冴えねえぜ」

「あれはいつものことだろうが」

「そりゃそうだ」

「今日もいっぺんここに来てから、なんかもぞもぞしてるなと思ったら、ちょっと家に戻ってくると言って、いなくなったのさ」

「忘れ物かい？」

「違うんだ。急に腹がきりきりしてきて、我慢してここまで来てから厠に入ったんだけど、ちっとちびっちまったんだと。ふんどし替えてくるって」

「くっくっく、まったくあの旦那は……」

ふたりは声を出さずに笑いあった。

隣で噂しているように、亀無の顔は冴えなかった。朝からふんどしを替えたりしたからではない。

引っ張ってきた被疑者に、どうもぴんとくるものがないのである。

「じゃあ、もういっぺん言ってくれよ」

亀無は楽々に、三度目の供述をうながした。前の二度の供述に言っていることが嘘だったりすると、話に矛盾が出てくる。前の二度の供述には、矛盾はなかった。

「ええ、ですから部屋に入るとすぐ、蠟燭が消えたんです。あっしは、はなが悪戯で吹き消したんだろうと思いました。そういうことをする子でしたので。それで、声をかけたけど返事がありません。あっしは手探りで蠟燭を持ち、火鉢の灰を掻きまわして、熾火で蠟燭に火をつけました。すると、はなが血を流して倒れていたのです」

「なるほどな」

亀無は、その光景を想像した。

「よく、火をつけられたな」

「そうですね」

異変があったとはわからないうちだから、暗くても、蠟燭に火をつけることはちゃんとできたはずである。

「声はかけなかったのかい？」

亀無は訊いた。この問いも、もう三度目である。

「かけましたよ。何度も名前を呼びました。はな、どうした？　誰にやられた？　って。でも、ぴくりともしません。医者を呼びにいこうとしたけど、途中で腰が抜けたみたいになっていて、なかなか立ちあがれなかったくらいでした」

「なるほどなあ。でも、おいらも何度も言うけどさ、あんたがあそこに入るまでは、はなが仕事をしているのを、向かいの飲み屋で皆、見てたらしいぜ。障子に影が映っていたんだと」

「それがおかしいんですよ」

「しかも、隣の漬け物屋では手代たちがちょうど店の前で野菜を洗っていて、あの離れの入口を入ったのは、あんただけだったたって」

「まったくもう……それでも、はなを殺したのは、あっしじゃありませんよ」

楽々は、泣きながら突っ伏してしまった。

三

さらにその翌日である。

江州斎喜楽は、いささかくたびれて、縁側から庭を眺めていた。

さきほど、はなを葬った根津の寺から戻ったばかりである。昨夜が通夜、そして今日の昼には、菩提寺の墓に葬ってきた。

はなの実家は、神田明神近くの下駄屋だった。両親も健在だし、兄もいる。家族のなかに絵の才能があるのは、誰もいないらしい。

「なまじ才能なんかあったから、こんな目に遭ったのかも」

と、父親から愚痴られてしまった。

茶を飲みながら、庭のあちこちを眺めた。躑躅やら紫陽花やら、なんでもかんでも適当に植えた庭だが、よほど土地がいいのか、どれも勢いよく育っている。はなは、ごった煮みたいなこの庭が好きだと言っていた。

離れとのあいだは、二十坪ほどの庭になっていて、生垣が囲ってある。喜楽の住まいは平屋で三間ほどの、豪勢な家ではないが、それでも売れっ子の絵師として貧相にはしていられないので、こぎれいな住まいになっていた。

——ん？

生垣のところから妙なものが出ている。

人の頭である。

縮れっ毛らしく、鳥の巣みたいになっている。あれじゃあ、子どものころから、ずいぶんからかわれたのではないか。

何者かはわかっている。

北町奉行所の同心で、亀無剣之介というのだ。

はな殺しを奉行所に報せると、あの男がやってきた。

喜楽はもちろん、楽天や小三郎らの話を聞き、ここらを縄張りにしている与吉親分にせっつかれるようにして、楽々を引っ張っていった。なぜだか、渋々といった様子だった。

昨夜の通夜にもちらりと顔を出したし、寺にも来ていた。

気合の入らない、いかにも頼りなさそうな同心である。

——あんなのが取り調べなどできるのだろうか。

もっとも喜楽にとっては、そのほうがありがたいのだが。

亀無は生垣のなかをのぞいたり、葉っぱをむしっちゃ匂いを嗅いだりして、なかなか玄関のほうにまわってこない。

こっちから出ていこうかと思ったところ、ようやく玄関口で声がした。

「ああ、さっきはどうも」

「同心の亀無さまでしたね。どうぞ、お入りください」

「いや、ここでいいよ。ちょっとだけ訊きたいことがあったんでね」

亀無は玄関のあがり口に腰をかけたので、喜楽もしかたなく、その前に正座をした。

外には、ここらじゃ見たことがない岡っ引きが、行ったり来たりしている。

「なんでしょう？」

「うん。たいしたことじゃないんだ」

なんとも煮えきらない男である。

本当は、なにも訊きたいことなどないのではないか。

「楽々は白状したんでしょう？」

「それがしないんだよ。やってないって言うんだ」

「でも、野郎がやったのは明々白々なんじゃ？」

「どうかなあ」

「違うんですか？」

喜楽は実際に驚いて訊いた。

そう思わない、というのが信じられない。

「うん。楽々はあのときのことを、たぶん正直にしゃべっているんだよ。そして、正直にしゃべるほど、自分が下手人になってしまうことも感じているだろうな」

　亀無はそこまで言うと、言葉を止めてしまった。

「あっしも信じたくはありません。でも、あのときの状況を考えるとねえ」

「まあ、そうなんだよなあ。ところで、楽々ってのは十年もやってて、まだ四、五点くらいしか自分の絵は出てないそうだな？」

「ええ」

「でも、はなはまもなく、五点ずつ六か月続けて店に並ぶんだとか？」

「そうなんです」

「はなは、それほど目をかけるに値したのかい？」

「そりゃあ、あの才能を見たら、先輩も後輩もありませんよ。楽々はそれで文句を言ってるんですか？」

「いや、言ってないよ。しょうがないと思ってるみたいだ」

「そう思うしかないでしょう」

「ところで、はなが殺されたとき、師匠は小三郎の店にいたんだっけ？」

「ええ。あんときは暮れ六つ間近に仕事を終え、腹も減ってたので、小三郎の店に行ったんです」

「弟子の仕事部屋をのぞいたりはしなかったんだ？」

「あの日はしませんでした」

「でも、ここから弟子の仕事部屋は、庭のほうから行けるんだね」

「行けますけど、庭はなんでもかんでも植えつけて、ほとんど草茫々（ぼうぼう）って状態ですので、いつも外からぐるっとまわるんですよ」

「そうなの。さっき見てたら、ちょっと頭を低くしたら誰にも見られず、こっちと弟子の仕事部屋を行ったり来たりできるんだなあ、と思ったのさ」

「たまには、そうしてますよ。別に頭を低くしたりはしませんけどね」

「なるほど。じゃあ、おいらはほかにも、いろいろ訊いてまわらないといけなくてさ」

　亀無はそう言うと、喜楽の家を出ていった。

　訊きたいことがなんだったのかは、さっぱりわからなかった。

四

　亀無は続いて、三ノ助と一緒に、喜楽の弟子である江州斎楽天の家にやってきった。住まいは師匠の家から歩いてすぐの太郎長屋だとは、通夜のときに聞いてあった。

ここでも三ノ助はなかに入らず、亀無から離れて、家全体を見張っている。万が一、裏から逃げだすようなやつがいたら、ただちにふん縛ることができる。

今日は、師匠も仕事をしないので、弟子の楽天も、仕事部屋に行かないことにしたらしい。

楽天はまず疑う必要はないだろう。

あの日は明るいうちから小三郎の店にいて、仕込みを手伝ったり、しゃべったりしていた。どうやら、小三郎の娘の紗代に気があるらしい。

「よう」

「あ、同心さま」

寝そべっていた楽天は、いきなり跳ね起きた。

「ちっと訊きたいことがあってさ」

「はあ」

「楽々とはなは、仲が悪かったりしたのかい?」

「仲が悪いというか、はなってのはとにかく才能がありましたから、弟子入りして二年くらいで、楽々兄さんを追い越すどころか、ものすごい差をつけちまったのでね」

「そんなに違うかい？」

「ええ。また師匠も、はなのことはかわいがっていましたから」

「そんなに？」

「もしかしたら、男女の仲だったかも……」

「そうなの？」

「あたしが言ったたって内緒(ないしょ)ですよ。たぶん、そうだったと思います。楽々兄さんだって、はなのことはまんざらでもなかったでしょう。だから、そういう意味でも、はなにはいろいろ思うところがあったかもしれませんね」

「まるで、楽々がやったみたいじゃねえか」

「だって、それしか考えられねえでしょう。才能じゃ月とすっぽん、男としても相手にされず、歳の離れた師匠に取られちまったとしたら、まあね……」

楽天は、楽々が下手人だと確信している。

亀無も、

——やっぱりそうなのかなあ。

と、思いはじめている。

「ところで、あんたも子どものときから、絵師になりたかった口かい？」

「いやあ、あっしは最初、筆屋の手代に入ったんですよ」

「筆屋？　近いような、遠いような」

「絵師とは関係ありませんよ。ただ、うちの旦那というのが、筆を売る者は筆をちゃんと使えないと駄目だと言いましてね。小僧は全員、手習いをやらされたんです。あっしは、子どものときから物真似の類い（たぐい）は得意でしてね、唐土（もろこし）の字体なども、すぐに真似られるようになりました」

「ほう」

「でも、あっしは字より、皆の似せ絵を描くほうが好きでね。旦那の顔やら、手習いの師匠の似せ絵などもそっくりで、同僚に見せると大喜びでしたよ。それで、おまえは絵師になったほうがいいんじゃないか、とか言われましてね」

「それで絵師に？」

「ええ。あっしは美人画だの、一枚絵じゃ難しいですが、いまは流行（はや）らない黄表紙とか、ああいう物語にくっつく挿絵（さしえ）みたいなものをやれば、おもしろいものが描けると思うんです。師匠にも、おめえはそっちに行けば、二、三年でちゃんと一人前になれるとは言われていているんです」

「たいしたもんだ」

「へえ。楽々兄さんも殺すまでのことはせず、絵師を諦めればよかったんですよ。なにも殺さなくたってねえ」

楽天は調子のいい男だった。

――楽々も、これくらいの調子のよさがあったら、人殺しなんかしないで済んだのではないか。

そう思うと、不器用な楽々が哀れに思えてきた。

だが、まだ楽天が下手人だと決まったわけではない。

五

楽天の長屋を出ると、

「なんか疲れてきたな」

と、亀無は三ノ助に言った。

「そうですね」

今日は根津の寺で葬儀の様子を見張り、昼も八つ（二時）くらいになってから喜楽、楽天と話を聞いた。

「もうすぐ暮れ六つだろう」

「まだ早いでしょう」

たしかにあたりは、まだ陽の光があふれた昼の色である。だが、亀無の気分には、すでに薄青い闇が流れてきている。

「なんかもう休みたいんだよなあ」

「じゃあ、切りあげましょうか？」

「うん。あの小三郎の店は、うまそうだったよな」

「そうですね」

「あそこで軽く一杯やるか」

「付き合いますぜ。たまには、あっしに奢らせてくださいよ」

「いいの？」

亀無は遠慮もせず、目を輝かせた。

「ええ」

「おいらも、もう少しいい思いをしたいなあと、最近よく思うんだよ」

「してないんですか？」

「してないよ。おれはいい思いって、ほんと少ないよ。しかも、ここんとこ命まで狙われてるし」

「ああ。そういう噂を聞きましたよ。この前は、お宅の前で襲われたって」

「そうなんだよ。いつ果てるとも知れぬ命だよ。仕事をちょっとくらい早く切りあげて、一杯奢ってもらったって、バチは当たらないよな」

小三郎の店に来た。

暖簾は出ていないが、小三郎と紗代がなかで仕込みだのをやっている姿が見えている。

「よう」

亀無は開いた戸のところから声をかけた。

「あら、町方の旦那じゃないの。なあに、また来たの？」

小三郎は、おかま独特の馴れ馴れしさで言った。

「いろいろ訊きこみして歩いたら、疲れちゃってさ。そしたら、そういえばここはなんとなく居心地よさそうだったなあ、と思ったんだよ」

「嬉しいこと言ってくれるじゃない。でも、ただ酒は飲まさないわよ」

「あたりまえだよ。おいらは、町人にたかったりはしないぜ。岡っ引きには、たまにたかっちゃうけど」

「まだ熱燗はできないよ。冷やでいい」

「冷や、けっこうだねえ。ひゃ、ひゃっ、ひやっ」

「やあねえ。おっさんの駄洒落って」

亀無は小三郎の悪口も気にせず、なかに入って、窓際に置かれた縁台に腰をかけた。はなが殺された、弟子たちの仕事部屋がよく見えている。

茶碗酒をふたつと、沢庵の切ったのを持ってきた小三郎が、亀無と三ノ助の前の樽に座って、

「どう？　楽々ちゃん、吐いたの？」

「吐かないよ。やってないってさ」

「でも、ねえ。はなちゃんはあそこで仕事してて、楽々ちゃんが入ったあとで死んでるんだもん。猫が同心やったって、楽々ちゃんの前に行って、みゃあみゃあ鳴くわよね」

「猫に同心はやれないと思うけどね」

亀無はそう言って、冷や酒をうまそうにひと口飲んだ。いっきには飲まない。

ちびちび飲むのが好きなので、いっき飲みなんか、もったいなくてやれない。

「また、楽々は動機もたっぷりあるんだよなあ。仕事では追い越され、惚れてたのに師匠に取られ……」

「あら、師匠に取られたって誰が言ったの？」

と、亀無は愚痴でも言うようにつぶやいた。

「楽天が言ってたよ」

「なんだ。楽天も気づいてたの？　知ってんの、うちらだけかと思ってた。ねえ、紗代？」

「でも、弟子だったらわかるよ、やっぱり」

と、紗代が調理場で魚を捌きながら言った。

「ほんとに、はなは喜楽に惚れてたのか？」

亀無は小三郎に訊いた。

「間違いないね」

「女心がわかるみたいじゃねえか」

「あたりまえよ。おかまは女より、女の気持ちがわかるの」

「へえ」

「あの子は、お師匠さんにべた惚れだった」

「あたしもそう思う」

と、紗代も言った。

「師匠は？」

「そりゃあ師匠だって、五十過ぎて二十三の若い娘に惚れられたら、嬉しくて惚れちまうに決まってるじゃないの」

「そうかあ」

「でも、あたしも楽々ちゃんは、人殺しするような根性はないと思うのよねえ」

と、小三郎は言った。

「そう思う？　じつは、おいらもそうなんだよ」

「ねえ、通りすがりの凶行の筋はないの？」

「それはないな」

亀無は首を横に振り、

「そういうのがいたら、誰かが怪しいやつを見かけているし、あそこが荒らされてたり、あるいははなが手籠めにされていたりする。そういうことは、まったくない。むしろ、よく知っているやつの仕業だよ」

「だったら、あんたの仕業」

と、小三郎は、にやにや笑いながら言った。

「おいら？」

「そう。同心が下手人で、同心が調べたら、絶対に捕まらないよね。現場を都合よくいじれるしさ。あたし、じつはそういう例って、けっこう多い気がする」

「なるほどなあ。今度から、それも疑ってかかることにするよ」

「今度からじゃなくて、この殺しもでしょ」

「わかった」

亀無がうなずくのを見て、

「亀さんて、人間、大きいのね」

と、小三郎は言った。

「おいらが？　人間が大きい？　馬鹿言ってんじゃないよ。大きかぁない。おいらは、つまらねえ人間だぜ」

「ううん。意外に、見た目よりは大きい。また、来て。気に入った」

小三郎は、馴れ馴れしく膝（ひざ）に手を置いた。

「そうだな」

「焼きおにぎり食べる？」

「焼きおにぎり？」

「はなが大好きだったの。亡くなったときも食べてたみたいよ」

「うん、食べる」

三角のかたちをした焼きおにぎりは、いかにも洒落た感じがした。

亀無は冷酒を一杯飲み終え、焼きおにぎりを一個食べ終えると、

「やっぱり、もう少し調べてみるか」

と、立ちあがった。

六

亀無は、三ノ助とともに、ふたたび殺しの現場にやってきた。

ぷうんと、錆(さび)くささが鼻を突いた。血の跡がまだ残っていた。跡は小さなもので、これで人の命が奪われたのが信じられないくらいだった。

ここには誰も入っていないし、入らせていない。

とはいえ、それは亀無が来て、何人かの話とここらを縄張りにする岡っ引きの

主張を入れ、楽々を番屋に連れていくあたりから、あとのことである。

はなが殺されたとわかったときは、何人もの慌ただしい出入りがあっただろうし、小三郎が邪推したみたいに現場がいじられたということも、ありえたかもしれない。

まだ日の光が残っているので、窓を開けて風を入れながら、じっくり部屋全体を見まわしていった。

――ん？

八畳の仕事部屋には、適当にあいだを空け、四つの机が置いてある。

ふたりずつ向かいあうかたちで座っていたらしい。

だが、弟子は三人だから、ひとつは予備か、あるいは師匠が来たときに使っていたのかもしれない。

机は杉の木で作られていて、まったく上等なものではない。縦が二尺、横が三尺ほどの大きさで、どれも墨や絵具の染みで、鼠の落書きみたいに汚れている。

はなが使っていた、窓を背にした机の上には、筆と絵具以外になにも載っていない。

その向かいあった机のほうには、はなのものらしい猫の飾り物とか、描きかけの草稿などがいっぱい載っている。

　ほかの机とは違って、どことなく女らしさが滲んでいる。

「なあ、三ノさん。こっちが、はなの机なんじゃないか？」

　と、亀無は言った。

「ああ、そうみたいですね」

「ということは、ほかの席で仕事をしてたのか？」

「変ですね」

「あれ？」

　亀無はさらにいろいろ見まわしている。

「どうしました？」

「絵具が、机の左側に置いてあるんだ」

「それっておかしいですか？」

「はなは左利きじゃねえよな？」

「ええ。左利きとは聞いてませんね」

「だったら、筆で描くとき、絵の具は右に置くんじゃねえのか？　ほら、こうやったら、絵具が垂れてしまうかもしれねえよ」

「ほんとですね」

亀無は考えこんだ。

「……なあ、三ノさん。これって、殺したやつが動かしたんじゃないか？」

「絵具をですか？」

「絵具だけじゃねえ。遺体もだよ。それまでは、ちゃんと自分の机で仕事してたんだ。でも、そこで殺されてから、反対側に引きずられたんじゃないか？」

「なんでそんなことを？」

「だって、ここにいないと、障子に影が映らないじゃないか」

亀無の言葉の語尾が震えた。部屋のなかを薄い影らしきものが通りすぎた気がして、背筋がゾッとした。

「え？」

しばらくふたりは、黙って見つめあった。

いつの間にか陽は落ち、部屋もずいぶん暗くなってきている。

亀無は、新しい蠟燭に火を点した。それから、ここの棚に置いてあった紙と筆を借り、部屋のなかの絵図面を描きあげた。

まれに見る下手な絵だったが、机が四つあって、棚と窓の位置くらいはわかる。

さらに、蠟燭の位置も描きこんだ。

「この光が、障子に影を作り、贋の下手人を作ったんだ」

「つまり……?」

「はなは、もっと前に死んでいたんだ」

亀無は掠れた声で言った。

七

「さて、どうやって影を作ったかだ」

亀無は腕組みした。

「人形でも置いたんですかね?」

と、三ノ助は言った。

「人形ねえ。そんなもの、ここに入ってきたら、すぐわかるぜ」

あのとき、亀無はまだ奉行所にいたので、殺しがあってから半刻(一時間)もしないうちに、ここへ駆けつけてきた。もちろん人形なんてなかったし、誰もそんなことは言ってなかった。

「たしかに」

「紙でやったってのはどうだい？」

「紙？」

「ああ。人のかたちに切って、障子の桟にぶらさげておくんだ。映るのは影だろう。べつに薄っぺらくてもいいんじゃねえか」

「なるほど」

「しかも紙だったら、隠しやすいぜ。くるくるっと巻いてしまえばいいんだからな」

「くしゃくしゃにしてもいいですよね」

「やってみようか」

三ノ助に紙を切らせ、それを障子に貼りつけ、外に出てみた。

「おう、映るよ」

「黒い紙だと、もっといいですね」

居もしない影が映っている。

「あ、ちょっと待て」

影がひらひらしていた。人もひらひらと馬鹿踊りみたいな動きを見せるときもあるが、それとはまったく違う。重みのないひらひら。

「これは駄目だよ」

しかも、めくれたりする。

楽々が入ってきたときだって、風が起きただろう。人がめくれたら、向こうで見ていた連中だって変だと思っただろう。

「べったり糊で貼りつけたら？」

「はがすのに大変だろうよ」

「ほんとですね」

障子や桟にも、そんな跡はない。

「……待てよ」

「なんです」

「さっき人形って言ったよな」

「でも、隠すのは大変なんでしょう？」

「人の大きさだったらな。でも、影を作るんだったら、人の大きさじゃなくていいんだぜ」

「どういうことです？」

「ここに蠟燭があって、障子に人の大きさの影が映るには、もっと小さくないと駄目なんだ」

亀無は、指を使い、お馴染みの影絵遊びをやってみせた。片手でつくった狐の顔が、蠟燭に近づけたり遠ざけたりするたび、障子の影は大きくなったり小さくなったりした。

「なるほど」

「ちょっと訊いてこよう」

「誰に？」

「あのとき影を見たやつにだよ」

「師匠ですね？」

三ノ助に訊かれ、亀無はなぜか、

「いや、師匠には訊かない」

と、言った。

そう言った理由がなんなのか、亀無は自分でもわからない。

小三郎の店に行った。店はもう客でいっぱいになっていて、座るところもないほどだった。それでも小三郎は嬉しそうに、

「あら、亀ちゃん。また、来てくれたの？」

と言って、席を探そうとした。

「いや、すぐまた戻るんだ。それよりちっと訊きたいんだが、あの仕事場に、はなの影が映っていたんだよな」

「そうよ」

「どれくらいの大きさに映ってた？」

「どれくらいって……そりゃあ、人ですもの。人の大きさでしょうよ。なあ、紗代？」

お燗したちろりを運んでいた紗代は足を止め、

「ええ。はなちゃんは小柄だったから、他人（ひと）より小さな影でしたよ」

と、言った。

「そうか、ありがとうよ」

戻ってきて、

「やっぱりあの影は作りものだ。蠟燭がそこで、はながここに座ってたら、障子に映る影は……ほおら、こんなに大きくなる」

亀無は自分で後ろ向きに座り、影の大きさを確かめた。

「ほんとですねえ」

「障子に小柄なはなの影が映っていたとすると、蠟燭がここにあったのだから、人形はこれくらいの大きさでいいんだ」

亀無は自分の拳を握った手を、近づけたり遠ざけたりした。

小柄な人の影の大きさは、手首と拳ほどの大きさで、充分に作ることができるのだった。

「こりゃ驚きましたねえ」

「この人形が、どこに消えたかだよな」

「どっかそこらに……」

と、三ノ助はうずくまり、部屋のどこかに転がっていたりしないか確かめた。

だが、見つからない。

「まあ、いい。その件はちょっと置いておこう。もうひとつ、変なことがあったぜ」

と、亀無は言った。

「なんです？」

「楽々が来ると、明かりは消えたんだ。それも変だろう」

「そうですよね。風で蠟燭の炎は揺らめいたりはするけど、そうそう消えませんしね」

「そういえば、おいらが最初にこの部屋に入ってきたとき、このあたりが湿っぽかったんだよな」

亀無は、燭台が置いてあるあたりを手で触ってみた。いまは乾いてしまったらしく、湿っぽくはない。

「ここがですか？」

「ちょっと待て……」

亀無は、脇にある棚を見た。

棚と燭台は、火が燃え移ったりしないようにだろう、一尺（三十センチ）ほど離れている。

「玄関の引き戸に、たとえば細い糸を結び、開けると、たっぷり水を入れた茶碗がひっくり返るようにしたら？」

「水がそんなに都合よく、蠟燭にかかりますか？」

亀無は、机の上にあった茶碗を手に取り、それに三ノ助から借りた捕物の紐を縛りつけてから、棚の上に置いた。

「紐が引かれると、こう落ちるか」

茶碗は玄関のほうに引かれるので、水がうまく蠟燭の炎にかかるとはかぎらない。

「でも、こうしたら？」

と、棚の上の書物をふたつに分け、谷間のような道を作り、そのあいだに茶碗を置いた。

すると、茶碗は谷間の道を通ってきた余勢で、蠟燭のほうへ水を撒くことになるのだ。

「消えますね」

「だろう？」

「糸なら目立たないですかね」

「糸でなくてもいいのさ。髪の毛を結んで作ったりしたら、すぐわからなくできるぜ」

「そりゃあいい。でも、ちょっと待ってください。蠟燭は替えたばかりだったんですよ」

「そうなの？」

「ほら、それ」

三ノ助は、転がったままになっている蠟燭を指差した。たしかに長いままで、これだとお茶一杯をすすって飲む分くらいの時間しか使っていない。

「死んだ人間が、蠟燭の継ぎ足しができますか？」

亀無はもう一度、考えて、

「それはなんてことはないな。もともと継ぎ足して、長いやつを作ってあったんだ。楽々の戻りが遅くなったときに備えてな」

「なるほど」

「よし。いままでのことを、楽々に確かめてみようぜ」

大番屋にいる楽々のところに向かった。

町はすでに夜の静けさに包まれつつある。亀無は、

——結局、今日もこうして遅くまで働いているのかあ。

と、思った。今日は一杯やって、おみちに土産(みやげ)でも買って早く帰るつもりだったのに。

大番屋に入り、詰めていた町役人に、

「楽々は起きてるかい？」

と、訊いた。

「まだ、寝ちゃいねえでしょう」

町役人は岡っ引きと、将棋を指していた。

隣に入ると、楽々は寝床代わりの莫蓙の上に、膝を抱えて座っていた。

ずいぶん、げっそりしている。亀無を見あげた目にも力がない。もう、なんでもよくなってきた、という感じである。

こうなると、やってもいないことまで、やったと言ってしまうのだ。

「おい、元気出せよ」

と、亀無は言った。

「元気なんか出るわけないですよ」

「ま、そうだな。だが、おめえがやってねえってことを証明できそうだぜ」

亀無は、騒ぐなよ、というように人差し指を口にあて、自分も小声で言った。

嬉しさのあまり、大事なことをべらべらしゃべられて真犯人まで伝わり、あらたな工作でもされた日には、またまた面倒なことになる。

「ほんとですか？」

楽々も小声で応じたが、表情は輝いている。

「ちっと思いだしてもらいてえんだ」

「はい」

「思いだすかどうかが、有罪か無罪の分かれ道だからな」

「ええっ、あっしは昔から、物覚えが悪いんですよ」

　楽々は泣きそうな顔になった。

「いいから、よく考えるんだ。いいか？　おめえが版元から戻ってきて、仕事場に入ったとき、なにか物音はしなかったかい？」

　亀無はそう訊いて、じいっと答えを待った。

　しばらくして、楽々は、

「しましたね」

　と、言った。

「どんな音だった？」

「なにかが落ちて、ピシャッ、という音が」

「ピシャッとだな？」

「ええ」

　聞いていないと、こうは言えない。楽々は、ちゃんと聞いたのである。

「音と同時に、蠟燭が消えたんです」

「よく、覚えてるじゃねえか」

　と、亀無は思わず微笑(ほほえ)み、

「そのとき、糸みたいなものは引っかけなかったかい？」

「あ、引っかけました。なんか髪の毛みたいなやつでした。そのときは気にもとめませんでしたが、はなの髪の毛でも引っかかっていたんですかね」

「そうじゃねえが……」

　いま、楽々に説明してもしかたがない。

「おおいに参考になったぜ」

「あっしはほんとに、なにもやってないんです。旦那、助けてください」

「ああ、もうちょっとの辛抱(しんぼう)だぜ」

　亀無はそう言って、三ノ助と一緒に外に出た。外の風にあたると、やはりこのなかは、変な臭(にお)いが籠もっているのだとわかる。

「あとは、ひとがたの謎(なぞ)ですか」

　三ノ助が言った。

「それを解決しても、まだ謎がある」

「誰がやったかですね」

「楽々じゃなかったら、疑わしいのはひとりだけ……というより、そいつしかやれない」

「師匠ですね。でも、なんで師匠が？」

「そう。そいつがいちばんの謎なんだよ」

だが、もう今日はここまでである。

亀無は早く役宅に戻って、眠りたくなっていた。

八

翌日——。

亀無は三ノ助とともに、通油町の地本問屋〈仙鶴堂〉にやってきた。

京都から来た老舗で、これまでも黄表紙や読本など、多くの当たり作を世に出してきている。

ここが版元になって、はなの絵を売りだすことになっていたらしい。

五代目だという若いあるじが、

「惜しい人を亡くしました。がっかりです」

と、言った。

このあるじは、通夜には来ていなかったが、寺の葬儀には駆けつけてきて、いかにも残念そうに、師匠の喜楽へ悔やみの言葉を告げていた。

「そうだよな」

「でも、描き終えた分は出すつもりです。遺作になった朝顔の女も入れたら、十五作ありますからね」

「それは見せてもらえるかい?」

「いや、もとの絵はもうありません。彫師にぜんぶ渡してしまいましたので……。あ、摺りあがってきたのが一点と、それから一枚だけ、最後に手を入れようとしてた絵があります」

あるじはそう言って、店の奥から二枚の絵を持ってきた。

摺りあがったのは、〈しだれ桜の女〉で、なんとも艶やかな美人画である。

女の自分の美しさに対する誇らしげな気持ちが、画面から湧きたってくるみたいであった。

まだ原画のままのほうは〈朝顔の女〉で、こちらは、はなの筆使いがそのまま残っている。

「摺ったのとは、また違うものなんだな」

亀無はそう言って、じいっと絵に見入った。

正直、良し悪しなどはわからない。だが、きれいな女に、なんとなく不幸の影があるような気がした。

「はなも喜ぶだろうな。ところで、はなとは何度も打ち合わせをしたんだろう?」

「ええ。熱心な人でしたから」

「誰かに恨まれたり、やっかまれたりしていそうだったかい?」

版元あたりには、意外に気持ちを打ち明けたりするのかと思って、訪ねてきたのである。

「そりゃあ、あれだけの才能ですからね。兄弟子たちにやっかまれても、しかたがないでしょう。でも、喜楽さんはほかのお弟子に気を使って、けっして見捨てるようなことはしてませんしね。立派な師匠ですよ」

「そうなんだ。じゃあ、師匠に対する愚痴なんかも聞いたことはないかい?」

「ないですよ。逆に、師匠にはすごく恩義を感じていましたよ」

「じゃあ、五枚ずつ六か月続けて出すというのは、喜楽が勧めたのかい?」

「あ、それはあたしがお願いしたんです」

　あるじは胸を張った。

「ほう」

「もっとも、隠居した親父には相談しましたがね。でも、親父もあの絵を見たら、反対などしませんでした」

「そういう売り方はよくやるんだ？」

「とんでもない。新人がそういう売りだし方をするのは、昔、蔦屋がやった東洲斎写楽を売りだしたとき以来じゃないですか。写楽は商売としては失敗でしたが、華絵は大丈夫だろうと思ってました。ただ、亡くなられると、やっぱり難しいところがありますねえ」

　あるじは悔しそうに言った。

「楽々とは面識はあったのかい？」

　亀無は訊いた。

「ありましたとも。うちでも一枚出したことがありますしね。でも、妬みから殺すなんてことをする人には見えませんでしたよ」

「うん。まだ、そうと決まったわけじゃないんだよ」

亀無はそう言って、そろそろ引きあげようとした。

――ん？

店先に奇妙な絵が飾ってあった。

「それは？」

「ああ、一勇斎国芳（いちゆうさいくによし）の絵です。おもしろい絵でしょう」

「へえ、国芳の絵かい」

一勇斎国芳というのは、なかなか威勢のいい絵師で、奉行所でも有名な男である。奉行所が風紀紊乱（びんらん）を食い止めようと、厳しい取り締まりをしようものなら、それに歯向かうような絵をわざと描いたりする。

――これが役者ですか？　あっしは魚を描いたつもりなんですが。そりゃあ、魚だって顔はさまざまでね。え？　これは幸四郎だろうって？　ご冗談を。あっしが幸四郎を描いたら、もっといい男に描いてやりますぜ。

と、それくらいのことは言うやつなのである。

しかも、その絵はちょっとひねりが加えられていて、こっちが下手に文句をつけようものなら、

「洒落のわからねえ田舎者め」

と、嘲笑われる気がしてしまうのだ。

たとえば、奉行所が歌舞伎役者の似せ絵を禁じたとき、国芳は魚の顔を役者そっくりに描いて、ぬけぬけと売りだしてみせたりした。

いま、見ている絵には、そうしたお上への皮肉は入ってないだろう。それは、大勢の人間が、裸で寄り集まっているのだが、そのまま大きな人の顔になっているのだ。

また、その脇には、猫がいっぱい集まっていて、それが大きなひとつの髑髏になっているという絵もあった。

「絵師ってのは、おもしろいことを考えるもんだね」

亀無は感心して言った。

「いや、国芳先生はまた特別ですよ。戯作者にも負けないくらいの、機知や諧謔の才能をお持ちですからね」

「喜楽なんかにも、そういう才能はあるのかね」

「喜楽さんは作風がまったく違いますが、それでも絵師はだいたい、そういう才能も秘めているとは思いますよ」

「なるほどな」

とうなずくと、亀無の脳裏に思いがけない画面が浮かびあがった。

焼きおにぎりがふたつくっついて、人の影になったのである。

ちょっと齧ると、微妙な凹凸もつくれたりする。

「町方の同心にも、そういう才能はあるかもしれないぜ」

亀無の言葉に、仙鶴堂のあるじは、

「は？」

と、不思議そうな顔をした。


通油町から日本橋本町のほうへ歩きだして、

「おにぎりでもいいんだ」

と、亀無は言った。

「おにぎり？」

「はなは、亡くなる前も焼きおにぎりを食ってたって言ってたぞ」

「ええ」

「おにぎりなんか、かたちを変えられる。ふたつ組みあわせれば、人のかたちに似せることができるんじゃねえか」

「なるほど」

三ノ助は、ぱんと手を叩いた。前を歩いていた娘ふたりが、驚いてこちらを見た。

「転がってたのもあったかもしれねえ。だが、それはどさくさにまぎれて、下手人が食っちまったんだ」

「すごいですね、旦那」

「今度、戯作でも書いてみようかな」

亀無はそう言うと、三ノ助はそれには反応せず、

「下手人はやっぱり？」

「江州斎喜楽だよ。あいつしかいねえんだよなあ」

だが、なんで喜楽は、はなを殺さなければならなかったのか。

それがいっこうにわからなかった。

九

この日は、喜楽のことをさりげなく訊いて歩いた。五人ほどの版元や、友人の

絵師などに聞いて共通していたのは、

「達者な絵を描く絵師ですよ」

「真面目だね。努力家で勉強家だ」

といったあたりだった。

「裏の顔がある」

だの、

「酔うと人が変わる」

なんて話は、まったく聞くことはできなかった。

ただ、もう一度会った楽天からは、

「そういえば、はなが殺されてるって報せたとき、師匠はよほどあわてていたみたいで、焼きおにぎりを食べながら駆けつけてきましたっけ」

という証言を聞きだすことができたのだった。

夕方は、吟味方（ぎんみかた）の同心と打ち合わせて、裁きをもう少し待ってくれるように頼んだ。

ぐったり疲れて役宅に帰り、冷や奴（ひやっこ）に目刺（めざし）、漬け物に味噌汁（みそしる）という変わりばえのしない夕飯を食べ、仕舞い湯に行くかと立ちあがりかけたとき、

「剣之介さん。兄が呼んでるわ」

　と、志保が入ってきた。

　松田に訊かれるころとは思っていても、やはり気が重い。四つん這いで行きたいくらいなのをどうにか頑張って、両足で歩いて松田家に入った。

「どうだ？　浮世絵の女が殺された件は？」

　松田は、「浮世絵の女」なんて妙な言い方をした。

「ええ。手口はだいたいわかりました」

　亀無は、いままでわかったことをざっと話した。

　松田は、理解は早いのである。複雑な事態も、だいたい一度聞いただけでわかってしまう。

　問題は、そこから動きだす妄想なのだ。

「おう、なるほど。おにぎりを影にしたというのはいいではないか」

「ありがとうございます。だから、そういう仕掛けで犯行をごまかすことはできたと思うんです。ところが、師匠が、はなを殺す理由がないのです」

　と、亀無は言った。

　それがなければ、喜楽を追いつめることはできない。

「剣之介。人が人を殺す理由が、金と色恋沙汰だけだと思ったら、大間違いだぞ」

「はい」

「例えば、女は厠が長い」

「はあ」

「喜楽が道を歩いていて、急に激しい便意を催した。ようやく仕事部屋までたどり着き、入ろうとしたら、ひと足違いで弟子のはなが入ってしまった」

「なるほど」

「しかたなく出るまで待つが、これがなかなか出てこない。なかで鼻唄なども、歌っている。悶絶しながら我慢していたものの、喜楽はついにお漏らししてしまった」

「それはひどいですね」

亀無は、ついこの前も、自分が同じような体験をしたことを思いだした。だから、そのつらさも身に沁みてわかる。

それにしても、松田はあのときのことを見ていたのだろうか。それで、からかい混じりで例にしているのだろうか。

いや、松田はそんなとき、見て見ぬふりをするような男ではなかった。見たなら、「見たぞ」とかならず宣言してくれる、正々堂々の男だった。子どものころから、「剣之介、見たぞ」と、何度そういうことを言われてきたことか。

「はなは、師匠の顔を見て、やぁだ、師匠、お漏らしなんかさいてえ、と言ったらだぞ、剣之介はどういう気持ちがする」

「たまたま包丁を持っていたら、それで刺してしまうかも」

「ほおらな」

松田は勝ち誇ったように言った。

十

だが、亀無は家に戻りながら、やっぱり違うと思った。

そんなことではない。

もっと深い気持ちから、殺意が浮かびあがってきたのだ。

役宅に入ると、志保がおみちと一緒に猫をかまって遊んでいた。その眼差しが

いかにも優しげで、

――まるで美人画そのものだ。

と、しばらく見惚(みと)れてしまったほどだった。

猫から取りあげた毬(まり)をおみちに渡し、

「また、兄に笑わせてもらった？」

と、志保は訊いた。

「いや、おおいに参考になった。それより、ちょっと見てもらいたいものがあるんだ」

「いいわよ」

亀無は、仙鶴堂でもらってきた二枚の絵を見せた。

ひとつは、江州斎華絵の〈しだれ桜の女〉で、もう一枚は江州斎喜楽の〈深川(ふかがわ)絵暦(えごよみ)・正月〉だった。どちらも美人画である。

これを両手に持ち、

「志保さんだったら、どっちを買いたい？」

と、訊いた。

「あたしはこっち」

指差したのは、華絵の絵である。

「どうして？」

「かわいいからかな。剣之介さんは？」

「おいらも一緒だ」

「ほら」

「でも、理由はちょっと違う。かわいいだけじゃない。この娘は、いま、自分のきれいなのに自信を持ちすぎて、ちょっと高慢なところがある、そのくせ、なにかの拍子でその自信が、がらがらっと崩れてしまうような脆さもある……そんなふうに、娘の心のうちまで考えさせてくれるんだ」

亀無がそう言うと、

「え？　あ、ほんとだ」

と、さらに絵を見つめた。

「この絵は、ただきれいなだけじゃない」

「それって、すごい才能なんじゃないの」

「うん。こういう弟子を持つと、師匠というのは嬉しいもんかね」

「そりゃあ嬉しいでしょう」

「嫉妬(しっと)はしないのかね」

「嫉妬……」

志保は首を傾げた。そういう気持ちは、ぴんとこないらしい。

「おいらは、人間が小さいからそう思うのかな。同じ絵師なのに、自分を遥かに超える才能を育ててしまった……きっと嫉妬するんじゃないかな。また、自分の地位が脅(おびや)かされるのを、恐れるんじゃないかな。それを殺そうとするのは、極端かもしれないけどね」

結局、それなのではないか。

師弟という間柄(あいだがら)に、それはないだろうと思ってしまうけど、江州斎喜楽は、誠実な絵師として、華絵の才能に嫉妬し、ついには憎んでしまったのではないか。

十一

翌日——。

江州斎楽々が大番屋から、

「嫌疑(けんぎ)を解く」

と言いわたされ、釈放された。

ただ、楽々は師匠の喜楽のもとには戻らず、自分の才能のなさに愛想が尽きたと、知り合いの染物屋の見習いになってしまった。

さらに十日ほどしたころ——。

江州斎華絵のお披露目作にして遺作にもなる〈花と女〉の続きものの美人画が、仙鶴堂から大々的に売りだされ、ほうぼうに披露目のビラが撒かれたこともあって、たいそうな評判となった。

発売初日から、買い求める客が殺到し、たちまち増刷することも決まった。

ただ、予定していなかったこともあった。

華絵と一緒に、師匠の新作美人画も売りだされたのだ。

そっちは、もう少しあとになるはずだったが、仙鶴堂のたっての願いもあって、同時発売となったのだった。

喜楽は、売れ行きが気になった。

作品の良さと売れ行きは、かならずしも比例はしない。やはり、定評というのに一般の買い手は左右され、無難なほうを買ったりしがちなのである。

喜楽は、昼くらいまでは我慢して仕事をしていたが、昼飯を食い終わると、通油町の仙鶴堂に足を向けてしまった。

売れ行きは、圧倒的に華絵のほうが上だった。

まだ初日の、それも半日しか経っていないのに、華絵のほうは残り少なくなっていた。

喜楽の絵は、どれくらい売れたのか。

長屋の便所紙にして配りたくなるくらい、積み重ねられていた。

そっと帰ろうとしたとき、

「あ、先生」

あるじに声をかけられてしまった。

「お弟子さん、たいした人気ですよ。いい供養になるでしょう」

「そうだな」

「これ、持ってってください。彫りも摺りも、いい出来になりました」

五種類の絵を一枚ずつもらった。

それらを見ながら、浜町堀沿いに歩くうち、悔しさがこみあげてきて、土橋のところまで来ると五枚まとめて細かく破き、堀に投げ捨てた。

そのとき、

「破いたんですかい？」

と、すぐ後ろで声がした。

振り向くと、そこに町方の同心、亀無剣之介がいた。

「あ」

「ひどいことするんだな。愛弟子(まなでし)が最初に世に出した作品だろ」

「…………」

喜楽の顔が、見る見るうちに膨らんでいった。肌の色はどす黒くなり、なにか強烈な感情が、喜楽の腹のなかから飛びだしてきそうだった。

「あんたの仕掛けは、すべて見破ったぜ」

亀無が言った。

「なんの仕掛けです」

「すべて言わせるのかい？　ひとつ言うなら、作られたはなの影」

「はなの影……」

「蠟燭の手前に置かれたひとがただよ。しかもそれは、はながよく食べていた焼きおにぎりでできていた。あんたが駆けつけたときも、それはあった。だが、あんたはばれないように、頭のほうを食っちまったんだ。な、お見通しだろ？」

「………」

喜楽は震えはじめていた。がくがくと、まるで悪い病にでも罹ったような、激しい震えだった。

「あの才能には嫉妬するよな？」

亀無が理解を示すように言った。

「嫉妬だって……」

そんな生易しい気持ちではないと、言いたげである。

「あれだけの才能を育てたという、師匠としての満足感はねえのかい？」

「なにをおっしゃるんです、旦那。あたしは育ててなんかいません。だいたい、絵師の才能なんか育てられるものじゃありませんよ」

喜楽は怒ったように言った。

「そうなのかい？」

「おめえは才能がねえと、弟子を見放すことはできます。才能がねえやつはわかります。でも、才能というやつを、他人が育てることはできねえ」

「ほう」

「師匠が育てられる才能なんてのは、せいぜい猿の物真似芸程度のものです。ほんとの才能ってのはね、天からの授かりものなんですよ。もし、育てられるとしたら、それは自分にしかやれねえ。はなは、それをやったんです」

「はなってのは、すごかったんだ」

「ええ。ほんとに稀有な才能でした。だから、嫉妬どころじゃないんです。あの才能に、あっしのケチな才能が踏みにじられるのが、つらくて、悔しくて、恐ろしくて……そしてついに殺してしまったんです。まったく、とんでもないことをしちまいました」

「…………」

「旦那。あっしを早く、地獄に送ってください」

喜楽はそう言って崩れ落ち、激しくむせび泣いたのだった。

第三話　やぶ医者殺し

一

料亭〈むらさめ〉の女将滝江は憤懣やるかたない。

「わしなら治せる」

と豪語した医者の森一斎だが、三年も診てもらったのに、ちっともよくならないのだ。

手足の痺れ、身体のむくみ、息切れと胸の痛み……さらには、地の底に落ちてゆくような恐ろしい目眩。どれも、ひどくなる一方である。

近頃は店に出てもひとまわり挨拶するだけで、あとは帳場の後ろの部屋で横になっている。

毎日、三種類の薬を、一日三回も煎じて飲んでいるのは、なんのためなのか。

小水の量を増やすためなら、水を飲んだほうがましというものである。

高い治療費ばかり取られる。いったい、三年のあいだにいくら払ったのか。おそらく、百両ではきかないはず。

しかも、一昨昨日ときたら、一斎は、

「だいぶ悪くなってしまった。もはや祈禱師にでも、すがるしかないかもな」

と、ぬかしたのである。

「祈禱師ですって？」

滝江は顔色を変えた。

「それはまあ、冗談みたいなものだが、わしが診てよくならないのは、ほかの誰が診たってよくならないってこと」

「よくもぬけぬけと……」

「だいたい、わしは診たくなかったんだ。それを、あんたが声をかけてきたんじゃないか。わしは、女の患者は取らないことにしているのに」

「いまさらそういうことを言うの？」

「それに、五十過ぎたら、もっと生き方を根本から見直さないとな。食いすぎ、酒の飲みすぎ、煙草の吸い過ぎ、歩かなすぎ」

「あたしの生き方まで、とやかく言われたくないわ」

滝江は吸っていた煙管で、ガキッと長火鉢の縁を叩いた。銀製とはいえ、どこか壊れたような音がした。

一斎はそんな滝江を冷たい目で見て、

「だが、それが病のもとなんだから」

「そうじゃない。あんたの匙加減がなってないからよ」

「馬鹿を申すな。筑前屋のあるじの快復ぶりを見ただろうが。もう、ぴんぴんしているではないか」

筑前屋というのは、滝江もよく知っている通二丁目の佃煮屋で、あるじの忠右衛門は中風で倒れ、誰もがもう駄目だと諦めていた。ところが、一斎が治療しはじめるとじょじょに回復していった。

たしかにいまは、鼠だってやるくらいに右足をわずかに引きずるが、元気に動きまわっている。

「ふん。まぐれでしょ」

「医にまぐれはない。もっとも、医者と患者には相性というのはあるが」

「あたしとは相性が悪かったとでも？」

滝江は皮肉な笑みを浮かべて言った。

「いや、それはわからぬが。たしかなのは、もはや、わしには治せぬということだ。じゃあな」

一斎は逃げるように立ち去ってしまった。

滝江は、一斎が逃げたと思うと、じりじりと怒りがこみあげてきた。悔しさで手に力を入れたら、今度は象牙の扇子をべきべきとへし折ってしまった。

一斎が見ていたら、「それくらいの力があるなら、病のために取っておけ」くらいは言ったかもしれない。

あいつは大きなことを言っては患者を集め、でたらめの治療を施しては暴利をむさぼり、さらに手に負えなくなると、すたこら逃げてしまうのだ。

――あんなやつ、生かしておいていいの？

滝江は町奉行にでもなったつもりで考えた。

絶対に、殺したほうが世のためだった。

――あたしがやってやる。

その気持ちには、正義感も多少混じっていたから、たちが悪い。

だが、女では乱暴はできない。斬ったり、殴ったりせず、確実に殺さなければならない。

それにはどうしたらいいか。

一日がかりで、綿密な策を練った。そして、

「もういっぺんだけ往診にきてくださいな」

と、呼びだしたのだった。

一斎は、いかにもしかたなく来てやったという面で、いつものように弟子の良市に薬箱を持たせてやってきた。

滝江はふたりを、帳場の裏にある六畳の茶室に招じ入れ、ぴたりと正座し、

「あたしはもう、ほかのお医者にはかからず、死んでいくつもりです」

と、真剣な顔で言った。

「いや、死ぬとか言うのは、まだ早い。わしの忠告だから聞きたくないのだろうが、ほかの医者の診立てを試してみたらいい、と言っているのだ」

「いいの。さあ、最後の脈をとって」

と、滝江は手を出した。

一斎は、おずおずと警戒しながら脈をとった。

「……うむ。ときおり脈が乱れるが、まあ、こんなものだろう」

「そうですか。では、お疲れでしょうから、お茶でも」

と、滝江はみずから煎茶を入れた。

「いや、わしは仕事中は茶を飲まぬことにしているのでな。良市、いただきなさい」

「はい」

「ただし、変な味がしたら吐きだせよ」

冗談めかしたが、真剣な顔で言った。

良市は、じつにうまそうに飲んで、

「いい香りのお茶ですね」

と、世辞まで言った。

「お菓子くらいは召しあがれ。家康公も召しあがったお饅頭ですよ」

滝江はさらに勧めたが、

「わしはよい。良市、いただきなさい」

と、これも良市がうまそうに食べ、もうひとつ欲しそうな顔をした。

「では、わしは次もあるので」

一斎が立ちあがると、滝江も一緒に立ちあがり、

「やぶ……この、やぶ医者」

と、ついに憎しみのありったけをこめて言った。

これが言いたかった。いままで、この言葉を直接ぶつけたかったが、どうしてもできなかったのだ。

「……ひどい言いようだな」

「ひどくなんかない。皆、あんたのことをそう言ってるのよ」

「…………」

一斎もさすがに気まずいような、いささか打ちのめされた様子で、むらさめをあとにしたのだった。

森一斎は、このあと、もうひとりの患者を診て、その帰りに日本橋の南詰までやってきた。

ひどく疲れている。

今日の四人は、とくに診たくない患者ばかりで、滝江のついでに一日で済ましてしまおうとまわってきたのだった。

一斎は足を止め、

「良市。いつものやつ」

「はい」

一斎は、ここのたもとで売っている饅頭が大好物で、この近くに来たときは、かならず買って帰るのだ。ただ、人気の店なので、今日も多くはないものの、数人の客が並んでいる。

良市が買ってくるまでのあいだ、一斎は欄干にもたれて、川のにぎわいを眺めているのが常だった。

荷舟や客を乗せた猪牙舟が、上流から下流から、将棋の早指しのように絶えず行き交っている。ときに舟唄も混じったりする。下肥を積んだ、臭い肥舟も通る。眺めていて飽きることはない。

今日もそうしていたが、突如、

「く、苦しい」

と、胸を掻きむしって、崩れ落ちた。

「滝江のやつ。やりやがったな……」

それが最期の言葉になったが、あいにくと聞いた者は誰もいなかった。

良市が戻ってきたときは、すでに息をしていなかった。

駆けつけた番屋の町役人が、普通の病死とは違う気がして、すぐに近くの北町奉行所に報せた。

たまたま同心部屋にいて、もしゃもしゃ頭をそよがせながら現場にやってきたのが、亀無剣之介だった。

亀無は、弟子の良市にそのときの状況と、死んだ森一斎の人となりを聞き、

――ん？

遺体からいい匂いがした。

「女が一緒だったかい？」

亀無は、弟子の良市と名乗った、賢そうな少年に訊いた。

「いいえ。そういえば、大丈夫ですかと介抱してくれた、通りすがりの女の人はいました」

「なるほどな」

亀無は、良市にそのときのくわしい状況と、死んだ森一斎の人となりを聞き、

「こりゃあ毒殺だな」

と、ため息をつくように言った。

二

森一斎の医院は、日本橋本石町三丁目にある。

江戸の町に時刻を知らせる、石町の鐘撞き堂のすぐ近くである。自宅も兼ねて二階建ての立派な家になっていて、お通夜もここでおこなわれた。

一斎に家族はないが、それでも付き合いのある薬屋や本屋、さらに利用していた近所の店、それから多くはないが、病を治してもらったという町人たちが弔問に訪れた。

早くも、毒殺という噂が流れているらしい。

「殺されたんですってよ」

「まあ」

「しかも、毒で」

などというささやきも、亀無の耳に入ってきた。

心ノ臓の発作というのは、誰も考えないらしい。それくらい森一斎は健康だったし、それくらい森一斎を恨む人間が多いということだろう。

亀無はさりげなく通夜の客を見張り、弔問客が来なくなったころに、住みこみの弟子の良市からいろいろと話を聞き、今日、往診した四人の名を確認した。

蔵前の札差〈高田屋〉のあるじ、吉兵衛。

神田のやくざの元締めである玄五郎。

日本橋に近い料亭〈むらさめ〉の女将の滝江。

築地に屋敷を持つ、三千石で無役の旗本・小山内金吾。

「この四人を順にまわりました」

良市は、亀無よりはるかに上手な字で書いたものを渡してくれた。

「この四人は、通夜には誰も来ていないよな？」

と、亀無は訊いた。やくざらしい男も、武士も来ていなかった。女は何人かいたが、料亭の女将というふうではなかった。

「ええ。来てません」

「一斎は、朝は元気だったんだろう？」

「はい。ご飯のお替わりもしてましたから」

「煙草は吸ったかい？」

煙草に毒が仕込んであったかもしれない。そんな話は聞いたことはないが、毒をたっぷり染み込ませた煙草を吸えば、いくら煙になっても毒は毒なのではないか。

「先生は、煙草は吸いません。身体に悪いそうですから」

不養生の医者ではなかったらしい。

亀無は、台所のあたりを見ながら、

「飯は誰が作るんだい？」

「おいらのおっかさんが、飯炊きと掃除にやってくるんです」

「きれいな女の人が来て作ったりはしないんだ？」

「先生は真面目ですから」

「そうなの？」

「吉原——がどういうところかは知りませんが、若いときから一度も行ったことはないっておっしゃってました」

聞いていた三ノ助が、「へえ」っという顔をした。

「朝飯はあんたも一緒に食べたんだ？」

「はい。いつも向かいあっていただきます。一応、給仕はわたしがしますが」

「一斎は、台所で食えとかは言わなかったんだ」

「先生は、ご自分もお若いときは貧乏だったそうで、わたしには優しくしてくださいました」

そう言って、良市はしばらく嗚咽(おえつ)した。

であれば、やはりこの四人のうちの誰かが、毒を飲ませたに違いない。

もしかしたら、四人全員で結託(けったく)し、少しずつ毒を飲ませたというのもあるかもしれない。

ひとりずつでは気がつかないくらい少量だが、四人目で致死量に達したのかもしれない。

「四人と一斎先生の関係はどうだった?」

ようやく泣きやんだ良市に、亀無は訊(き)いた。

「この四人の患者さまたちは、とくに病状が思わしくない人たちで、皆さん、治らないことに苛立(いらだ)っておられるようでした」

「ふうん」

「とくに高田屋さんは、治療費の半分を返してもらいたい、などとおっしゃってましたし、むらさめの女将さんは、一斎先生のほうから、ほかの医者に診てもらえと言われ、腹を立てておいでででした」

「ほかの医者にってかい」

それは無責任だろうと、亀無も呆れた。

「でも、先生の診立てに感謝している患者さんも、多くはないけどいらっしゃいました」

良市は、亀無の気持ちを推しはかるような上目遣いをしながら言った。

「なるほど。ところで、あんたはいつから弟子を？」

「まだ半年ほどです」

「いくつだい」

「十七ですが」

小柄だからだろうが、十四、五かと思っていた。

「どうして一斎先生の弟子に？」

「家がすぐ近所だったということもあるし、お医者は儲かるって聞いてましたし、しかも人のためになれば、言うことなしじゃないですか」

「でも、いっぱい勉強しないと駄目なんじゃないのか」

と、亀無は訊いた。

じつは、江戸の医者に免許制度はない。

なので、極端なことを言えば、誰でも医者になれる。昨日まで、鰻屋（うなぎや）のあるじだったのが、

「おれ、うなぎを捌（さば）くより、人を捌きたい」

と、医者になることもできるし、五歳の少年が、

「おいら、医者になりましゅ」

と、医院を開業してもいい。

ただ、それで食っていけるかは別である。

だいたいが、医者や薬は高額と決まっているから、庶民は医者になど行かない。おもに、まじない、もしくはお祈りで治す。それでも心配なら、薬草などの民間薬を、川原や野原から採ってくる。その次は、売薬に頼る。

医者にかかるなどというのは、特別の金持ちだけなのである。

金持ちというのはケチだから、昨日まで鰻屋だった医者や、五歳の少年医者などに金を払うわけがない。

背後に難しそうな医書を並べ、聞いたことのない漢語（かんご）だの蘭語（らんご）をさらりと会話にはさむような、そういう医者にこそ、高い金を払って診てもらうのである。

「わかってます」

と、亀無に訊かれた良市はうなずき、

「先生は、お持ちの二百冊ほどの医書を、勝手に読んでいいから、とにかく頭に叩きこむようにとおっしゃってくれました」

隣の部屋の棚に並ぶ書物を指差して、そう答えた。

亀無はそれらの書物の背表紙に目をやった。

『医事宝函』『解体新書』『西説産育手術全書』『蘭学階梯』『西説内科撰要』『経穴纂要』『幼々精義』『病学通論』……。

どれも分厚く、題を見ただけで、頭がくらくらする。

少年相手にお世辞でも言うしかない。

「こういうの読むんだ。たいしたもんだなあ」

「ほかにも生薬の効能も、頭に入れなくちゃいけません」

良市は、診察する部屋の壁一面を占める薬の簞笥を見た。

普通の簞笥と違って、小さな箱のような引き出しがいっぱい並んでいる。引き出しの表には、薬の名前を書いた紙が貼ってあるが、亀無には読めない漢字がほとんどである。

「薬ってこんなにいっぱいあるんだな」

「一斎先生は、これだけ使いこなせる医者はそうそういないと、自慢なさってました」

「ふうん」

　薬簞笥の前に立ち、ひとつふたつ引き出しを開けたりしながら、

　──森一斎は本当に、やぶ医者だったのか？

　亀無はふっと疑問が湧いた。


　通夜の翌日──。

　亀無は、森一斎の葬儀には出ないで、怪しいところをまわるつもりだった。

　怪しいやつは、弔いになど来るわけがないからである。すなわち、最後の日にまわった四人の患者である。

　三ノ助が来ているか確かめてから、奉行所を出ようと思っていたところに、

「亀。松田さまがすぐに来てくれとさ」

と、同僚に呼ばれた。

「すぐに？」

　何事かと、亀無は松田の部屋を訪ねた。

松田は今日も、五種類の別件の報告書を机に並べ、じいっと見入っているところだった。

これも松田なりのはったりで、

「五つの事件を同時に推理する」

という評判を狙っているのだ。

そんなわけはなくて、じつはひとつずつ、意外に丁寧に読みこんでいて、ほかは並べているだけなのである。

それなのに、このはったりをけっこう信じる者がいて、巷ではすでに、

「松田さまは、聖徳太子みたいに何件もの事件を同時に解決するらしい」

などという噂が流れているのだった。

「松田さま、なにか？」

「うむ。じつはな、ほうぼうから、森一斎の死を調べないでくれと、嘆願が来ていてな。あれは、病死でいいではないかというのさ」

「そうなので……」

町人——というか、一部の金持ちの町人たちから嘆願の声があがっているのは事実らしく、昨夜の通夜のときも、そんなささやきは聞こえていた。

「ほれ、ここに来ているのが嘆願書だ」

「ああ」

今日、広げていたのは、報告書ではなく、嘆願書だったのだ。

亀無は、その何枚かを手に取り、ざっと読んだ。

——わたしだって、殺せるものなら殺してました。

——父もまた、あの人にかかったために死にました。今度のことは、悔しい思いで死んでいった人たちの、仇を討ってくれたようなものです。

——森一斎は医者ではありません。ただの人殺しです。

などと、激烈な文句が並べたてられている。

「その下にもあるだろう。五十枚ほど来ているのだ」

「ひと晩のうちに、これだけ来たのですか？」

ということは、示しあわせたわけでもないだろう。皆、自発的に真剣に嘆願してきている。

いかに、森一斎の評判が悪かったか。

「しかも、いずれも江戸の有力町人たちだ。弱ったものよ」

と、さすがの松田重蔵も頭を抱えた。

「やめますか？」

亀無とて、恨まれてまで下手人を挙げたくはない。

三

「そうはいくまい」

と、松田は大向こうに五百人の観客がいるような顔をして、

「殺されたのがどんな悪党であっても、町奉行所はとりあえず、下手人を挙げねばならぬ。見逃せば、私刑を許すことになり、それでは法というものが成りたたぬだろう」

「ごもっともです」

こういうときの松田は、亀無も見惚れてしまうほどの男ぶりなのだ。

「とはいえ、あの連中がうるさくて、満足な調べができなくなる。ここは極秘で、調べを進めなければならぬ」

「極秘で調べ？」

箸を使わずに、飯を食うようなものではないのか。

「そうだ。剣之介、おまえにまかせた」

「え？」

亀無の両手の指が、やったことのない三味線を弾くみたいに動いている。

「ふっふっふ、なにをうろたえている？」

松田は、そんな亀無をおもしろがって訊いた。

「どうやって極秘に調べを？」

「奉行所に隠密同心がいるのを忘れたのか」

「ああ」

部屋が別になっていて、ふだんはほとんど会わない。それどころか、あの連中は町にひそみ、しばらく奉行所に来てなかったりもする。

「あの連中と相談せよ」

――また面倒な仕事をおっつけられてしまった。

松田はそう言って、くるりと背を向けた。

亀無は、ため息をつきながら隠密同心の部屋に顔を出した。

すると、同年配で、前に一緒に仕事をしたことがある村井清蔵がいた。

「よう、村井」

「おう、亀さんじゃないの」

筮竹(ぜいちく)を使って、なにかを占(うらな)っていたらしい。噂では村井の占いは、本物の易者(えきしゃ)より当たると言われている。

「医者が殺されてさ」

「ああ。やぶ医者と評判のやつか」

隠密同心というのは、じつによく世間の出来事を知っているのだ。内職として、瓦版屋(かわらばんや)にネタを売っているという噂もある。

「それで、松田さまから、極秘に調べを進めろと言われたんだよ。やり方は、隠密同心に相談しろとさ」

「なるほど。そりゃあ、変装してほかの仕事の者になりすまし、噂話を聞くみたいにするしかないわな」

「変装かあ」

「やってみるとおもしろいぞ。癖(くせ)になったりもする。おれなんか、普通の恰好をすると、逆に恥ずかしいくらいだ」

「なにに変装しよう?」

「亀さんなら、いろいろやれるよ」

「そうなの？」

「だいたい雰囲気が、武士らしくないだろう。もろに町人ぽいだろうが」

「そうかねえ」

　自分では、宮本武蔵とか荒木又右エ門みたいに、野獣のように荒々しい武士じゃないかと、ひそかに思っていた。

「わしがよくやるのは、易者と俳諧師だが……そういうのは、医者にはあまり縁がないしな。やはり医者殺しを調べるなら、医者でいいんじゃないか？　同業の者が訊いてまわっても、不自然ではないぞ」

「でも、医者は坊主にしなくちゃ駄目だろう？」

「そりゃあそうさ。髷なんか結っている医者はいないよ」

「うーん。ただでさえ、変な頭って言われるんだよなあ」

「坊主にしたら目立たないだろうよ」

「それが、生えかけのときは、おいらの髪はふにゃふにゃ曲がって、黴みたいになるんだ。そうなりゃまるで、黴の生えた饅頭だぜ。勘弁してよ」

「だったら、薬屋の手代なんかはどうだい。その医者に薬を卸していたんだ。それで、少し支払いも残っていて、いろいろ訊きまわるわけよ」

「なるほど。それだったら不自然じゃないわな」

と、薬屋の手代に変装することにした。

四

尾張町(おわりちょう)にある薬屋をのぞき、そこの手代の恰好を参考にして、亀無はなんとか変装を済ませた。

紺地(こんじ)に白の縞(しま)の着物に、茶色の帯を締めた。もちろん、羽織(はおり)などは着ない。

使い古した帳面に矢立(やたて)なども入れた風呂敷包みの底には、急な捕物にならないともかぎらないので、十手(じって)を隠しておくことにした。

一応、隠密同心の村井清蔵に見てもらうと、

「似合うよなあ。いかにも痔(じ)の薬を売っている、薬屋の手代だよ」

と、やけに感心した。

「痔の薬かよ」

せめて婦人薬くらい売りたい。

「薬のことも、ある程度は勉強したほうがいいんだけどな」

「ああ。さっき薬屋で半刻（一時間）ばかり、薬を眺めて頭に叩きこんでおいたよ」

「やるじゃないか」

亀無は、意外に勉強家なのである。子どものころからそうだった。そのわりに、学問所の試験のときはあがってしまって、成績はいつも冴えなかった。

「あっしも変装しますか？」

と、三ノ助も買って出たが、薬屋の手代がふたりで歩くというのも変なので、今回は亀無がひとりで調べてまわることにした。ただし、三ノ助は近くの番屋で待機し、いざとなればすぐに駆けつけることになった。

まずは、蔵前の札差、高田屋のあるじの吉兵衛である。

札差というのはよくよく儲かるらしく、吉原で豪遊しているのも、ほとんど札差か材木商だと言われる。

旗本や御家人への給付米を預かり、金と換えてやる札差が、なぜそんなに儲かるかというと、要は米を担保にした金貸しで、利息で儲かっているのだ。

だから、店に入ると、米よりは金の匂いがするくらいである。

「薬屋の手代だが、死んだ森一斎のことでお訊きしたいことがあって」

亀無が告げると、すぐに、

「あるじがお会いするそうです」

と、奥に通された。

池の上を渡る吊り橋のような廊下を進むと、金屛風に囲まれた部屋の真ん中に、布団を敷いて、その上にけだるそうに座っている貧相な男がいた。

げっそりと痩せている。もしかしたら、儲かれば儲かるほど、貧相になったのかもしれない。

「高田屋吉兵衛だ」

力ない声で名乗った。

「はっ。わたしは尾張町の〈富士清玄堂〉で手代をしている亀吉といいまして、じつは、森先生には……」

「先生なんて言わなくていい。一斎の馬鹿、もしくはやぶ」

と、薄が風に鳴るような声でさえぎった。

「はあ……一斎のやぶのところに、うちから薬を卸していまして」

「そうなのか」

「どうも、使い方がおかしかったんじゃないかと」

「おかしかっただろうな」

「それで、うちの評判にもかかわりますので、いろいろお訊きしたいんですよ」

「ああ、いいよ。あれの悪口ならいくらでも言いたいし、あんたのところで、これまでの治療代の半分を出してくれるんだろう？」

こんなに痩せ細っても、まだ金が欲しいのだろうか。あの世に金は持っていけないと聞いているが、もしかしたら抜け道があるのかもしれない。

「いや、それはちょっと……あるじと相談はしてみますが、たぶん無理でしょう。それで、亡くなった日に、やぶの一斎はこちらを訪れてますよね？」

「ああ、来たよ」

「薬は処方したので？」

「したよ、ずうずうしく。そっちの棚に置いてあるだろう」

と、棚にずらっと並んでいる紙の袋を指差した。袋には、

――蘭方漢方森一斎処方。

という、大きな印が押されている。

「あ、なるほど。ちょっと拝見」

亀無はそれを手に取り、中身を開けて煎じ薬の匂いを嗅ぎ、

「ああ、これには、うちの薬は使っていないですね」

と、適当なことを言った。

「そうなのか。どっちにせよ、わしはもう、あいつの薬は飲まないよ。毒が入ってるかもしれないしな」

「ひと袋、頂戴してもいいですか？」

「ああ、いいよ。それより、やぶには金を返せと言ってたのさ。でたらめ治療に払った金四百両の、せめて半分をな」

「やぶはなんと？」

「払うわけにはいかぬとさ。文句があるなら、町奉行所に訴えて出ればいいと。訴訟ならいつでも受けて立つと、ぬかしたよ」

「ほう。ここでは、お茶とお菓子などは？」

弟子の良市は、ここを訪れた際、店の土間で待たされたらしい。なので、なかでのことは知らないと言っていたのだ。

「あんなやつに出す茶も菓子もない。水一滴も出さないし、厠だって貸さねえ。

とっとと立ち去れと言ったら、喜んで消えていったよ」

「そうでしたか」

「なんでも毒殺だったらしいな？」

「そういう噂ですね」

「ほんと、誰の仕業か知らないが、よくぞ殺してくれたものさ」

「でも、死なれるのも困るんですよ。薬代をいただいてない分もありますし。その誰かにお心あたりはありますか？」

「山ほどあって、言いだしたらきりがない。でも、神田のやくざの玄五郎親分が恨んでたというからな。まあ、やくざが本気で恨めば、人殺しくらいは簡単にやるだろうね」

　そこまで言うと、急に気分が悪くなったらしく、布団に入り、目を閉じてしまった。もうなにも話す気はないらしい。

　亀無は、死んだ人にするように手を合わせ、吊り橋のような廊下を渡り、高田屋の店を出た。

　次に、高田屋が怪しいと指摘した、神田のやくざの玄五郎を訪ねることにした。

家が近づくと、三ノ助がすっと寄ってきて、

「玄五郎には気をつけてくださいよ。あまり怒らせないように」

と、忠告した。

「なんで?」

「すぐ、かっとなります。そして即、子分が動きます」

「わかった」

とは言っても、怒らせずに肝心なことを訊けるか、自信がない。

玄五郎の家は、神田明神のすぐ前にあった。こういうところでやくざの商売をしていて、よくいままでバチが当たらなかったと不思議でしかたがない。

玄関口には、雪が降ったみたいに塩が撒(ま)かれている。

門番の若い衆に、高田屋にしたのと同じ説明をすると、すぐに玄関前の衝立(ついたて)の裏から、

「一斎の話だって? 入れ」

と、声がした。

言われるままにあがると、身体つきと目つきはいかにも凶暴だが、顔色が黄葉(こうよう)した銀杏(いちょう)のように真っ黄色になっている男がいた。

亀無を見るとすぐ、

「あれ？」

と、変な声をあげた。

「なんでしょう？」

「あんた、見たことあるな？」

亀無は内心、どきっとしたが、

「いや、あたしはお初にお目にかかりますが」

と、すっとぼけた。たしかにやくざならば、町廻りの同心の顔くらいは記憶していて不思議ではない。

すぐに思いださなかったのは、変装の賜物（たまもの）だろう。

「そうか」

「じつは、一斎から薬の代金を払ってもらってなくて、あの日に払うと言われてまして」

そういうことにしたほうが、薬屋が訊いてまわる理由になるだろう。

「じゃあ、殺したやつが金を奪ったのか？」

「そうとはかぎらないのですが」

「おれを疑ってるのか？」

肌同様に真っ黄色になっている目が、ぎらりと光った。妖術使い(ようじゅつつか)に睨(にら)まれたみたいで、不気味なことは、このうえない。

「いやいやいや、親分がやったなんてことは、これっぱかりも思ってません。ただ、なにかお気づきになったことはなかったかと思いまして」

亀無はあわてて弁解した。

「あの野郎、医者のくせにやけに肝(きも)が据(す)わったやつでな、わたしはやれるだけのことをやった。それでも効かないのは、病の鬼に対する親分の気合が足りないのでは、とぬかしたよ」

「へえ」

「だが、言われてみればそうかもしれねえ。若いころに何度もやった、出入りのときのような気合が湧(わ)かねえんだ。だったら、気合の入る薬をくれと言ったら、そういうのはないんだとよ」

「ここで、お茶とかお菓子は？」

良市は、ここでは衝立のこっちに座っていたので、見えなかった、と言っていた。

「なんだよ、やっぱり、おれが毒を飲ましたと疑ってんじゃねえか？」

またも黄色い目が光った。

「いえ、そういうわけではなく……」

「馬鹿野郎。やくざがやぶ医者一匹殺すのに、毒なんか使うか。いままで三十三人ほど殺してきたこのドスで、ぐさりとやるだけだ」

と、かたわらのドスをつかみ、ちらりと刃を見せた。

「いやあ、さすがですね」

「おれは、女が怪しいと思うぜ。むらさめって大きな料亭の女将が、患者だったそうだ。そういうのが怪しいんじゃねえのか」

「なるほど。それはありえますねえ」

「茶も菓子も出してないよ。というより、出す前に一斎は帰っていったからな」

と、そこへ若い衆がお茶を持ってきて、ふっと顔をあげると、

「あ、こいつ、北町の亀無」

「やっぱりそうか」

玄五郎の真っ黄色い顔に赤みが差して、熟した柿みたいになったので、

「どうも失礼しました」

あわてて外に飛びだした。

次は、むらさめの女将を訪ねた。

ここの女将は、適度に肥(ふと)っていて、顔色さえよければ健康そうなのだろうが、その顔色がいかにも不健康に、雷(かみなり)を秘めた黒雲のようなどす黒さである。

つくづく、ひと口に病人と言っても、顔色はさまざまだ。

顔立ちはいかにもきつそうだが、三十年前、すなわち二十代あたりのころは、さぞや美人だったであろう。

帳場にいたその女将に、亀無が薬屋の手代だと名乗ると、

「薬屋さんかい。あたしも医者になんかかからずに、薬屋に行けばよかったのかもね」

と、悔(く)やんだように言った。

「いや、まあ、うちはうちで、薬が効かないとか叱(しか)られることもありまして」

「そうなの?」

良市に聞いたところでは、一斎は女の患者は取らないことにしていたらしい。

理由は、

「女はうるさい」

からだという。

つまり、診療のときのおしゃべりもうるさいだけでなく、その薬はなんだとか質問もうるさいし、あげくに、あれはやぶだ、などと噂してまわる。

だから、取らなかったのだと。

「そういう一斎が、女将さんを診ていたのは不思議ですね」

と、亀無はそこから話に入った。

「あら、そうなの。たぶん、よほどの金蔓（かねづる）と見たんでしょうね」

「どういう薬を出してました？」

「もう全部、捨てちゃったわよ。あんな効きもしない薬」

「うちの薬が入ってたら、効かないはずはないんですけどね」

「配合でしょ、ああいうのは」

女将はそう言って、煙管に煙草を詰め、火鉢の炭で火をつけると、すっぱという音を立て、深々と吸いこみ、満足げに煙を吐きだした。

だがそれは、火事で焼けた材木にもう一度火をつけたみたいな臭いで、亀無にはとてもうまそうには思えなかった。

「ここに来る前に、やくざの玄五郎親分もかかっていたので、訪ねてみたんですが……」

「やくざだったら、やるんじゃないの?」

「いえ。おれがやるなら、ドスでぐさりとやるって」

「そりゃあ、そうか」

「ここで、お茶とお菓子は出しました?」

「あら、あんた、あたしを疑ってんの? 出したわよ。でも、あいつは飲まないの。毒でも入れられると警戒したんじゃないの。その代わり、弟子に飲み食いさせて、なんともないから安心したような面してたわよ」

「そうですか」

「飲ませる毒があったら、飲ませたいくらいよ」

「石見銀山くらいなら、どこの料亭にもあるのでは?」

鼠退治で有名な薬で、毒と言えば、江戸っ子の多くはこれを疑う。

ただ、死んだときの様子だと、たぶん石見銀山ではない。

一斎は、吐いたりはしていなかったのだ。しかも、あまりに急だった。

「うちじゃ、女中が猫を飼ってるから、石見銀山は要らないのよ」

「なるほど。では女将さんから見て、怪しいと思う患者はいますか?」

女将は煙草の葉を入れ替え、もう一服してから、

「あのやぶ、相手が誰だろうと、強気で言いたいことを言うらしいの」

「そうみたいですね」

「だから、あたしはお武家さまが怪しいと思うの。生意気なこと言われ、かっとなって、石見銀山でも飲ませたんじゃないの。斬ったら疑われるけど、逆に毒殺のほうが疑われないだろうって。武士が勧めたら、あいつだってひと口くらいは飲むでしょう」

「そうですね」

女将の話したとおり、ここでは良市が、お茶もお菓子も食べているので、ここらで引きあげることにした。

最後は、築地に屋敷を持つ旗本の小山内金吾だが、旗本に直接訊くことなど、同心でも無理である。

証拠が出てきたら、松田を通して北町奉行に頼むしかない。

そこで、潜りこむのに三ノ助に相談すると、

「旗本屋敷なんて、たいがい中間だの下男だのの賭場になってますんで、そっちから潜りこみましょう。あっしが手筈を整えておきます」

ということになった。

「まだ昼のうちだぜ。もう博奕なんかやってるか？」

亀無は三ノ助とともに、屋敷に向かう途中で訊いた。ここは一緒に入らないと、逆に駄目である。

「あそこは殿さまが長く病んでいるので、屋敷の規律なんか、ゆるみ放題のようで。家来と女中のあいだも乱れきってるし、ほとんど無法地帯らしいです」

「そいつはひどいな」

門のところに来ると、すぐになかに入れてくれた。

屋敷の敷地は、二千坪弱といったところだろうか。

庭の手入れもなっておらず、鶏だの家鴨だのが、のんびりと歩きまわっていて、ほとんど在の庄屋の家といった風情である。

なるほど、中間の小屋には、明るいうちから十数人の男が集まっていた。

「おめえ、商売は？」

身体の大きな、裸の上に古い羽織を引っかけた男が訊いた。羽織はよく見ると高級そうで、新品のうちはどこぞの殿さまが使っていたものかもしれない。

「へえ、薬屋の手代をしてます」

と、亀無は答えた。

「妙な頭をしてるな」

「…………」

大きなお世話である。

「そっちは？」

「あっしは髪結いの亭主を」

三ノ助も適当なことを言った。

「そりゃ仕事じゃねえだろうが」

「いや、女房が儲かりすぎで、使ってやるのが仕事なんで」

「へっ、そいつは羨ましいな。うちは、ちろちろちんだけだぜ」

「へえ。そう聞いてます」

普通は、ちんちろりんと呼ばれているが、ここではそう言っているのだろう。

大勢で、ひとり一回五文を賭けて、三つの骰子を振っていき、ピンが三つそろったら、溜まっていた掛け金を総取りできる。

符丁は、屋敷によっていろいろらしい。

まだ二十回目だというので、百文ずつ出したことにして、そこから入った。

当然、なかなか出ない。

亀無は、たしか骰子三つだと、二百回以上振らないと出てこない確率だと聞いた覚えがある。

いま十五人ほどいるから、ピンがそろえば、けっこうな額になるだろう。

しばらくは黙って骰子を振り続けたが、

「そういえば、うちで薬を卸している森一斎とかいう医者が、毒で殺されたんだよなあ」

五十回目の骰子を振りながら、亀無はつぶやいた。

「ああ、ここにも来ていたぜ」

殿さまの羽織の男が言った。

「そうなのかい？　相当なやぶ医者だったんだろ？」

「うちの殿さま、見たことないのか？」

「いや、ない」

「ただのでぶじゃないぜ。こうやって、後ろから腹に手をまわしても、まるでまわりきらないくらいなんだぜ」

「相撲取り（すもうとり）だよ、それじゃ」

「しかも、大関と小結が取り組みしたくらいの、でぶ」

「へえ」

「それで、息が苦しいとか言ってるんだけど、あれじゃあ息も苦しいわな。十年前までは、この羽織が着られたんだ」

「へえ」

見たところ、羽織はとくに大きくはない。

「それが奥方に死なれたのがきっかけで、やたらと食うようになり、見るみるうちに肥っていったのさ。そのくせ、具合が悪いと医者を呼ぶんだけど、医者は当然、もっと痩せろと言うよな」

「じゃあ、下剤（げざい）みたいな薬を出してただろう？」

「それは知らねえが、あれだけ食ったら、下剤をちっとくらい飲んだって無理だろうな」

「ははあ」

食いっぷりを見てみたいものである。

「でも、医者は森一斎だけじゃねえしな」

「どういうことだい？」

「しょっちゅう変えてるんだよ。今日も、代わりの医者がもう来たよ」

「へえ」

「もしかして、うちの殿さまがやったんじゃないかって疑ってるのか？」

「いや、そういうわけでは……」

「あの殿さまは、殺すまではしないぜ。怒って叩きだすだけ。いままで追いだされた医者も、皆、生きてるよ」

「そうなの？」

「ああ。森一斎なんか、まだましなほうだぜ。今日来たのなんか、大工から金創医になったやつで、薬箱の代わりに道具箱を抱えてきたから」

「そりゃあ、すごい」

ここまで聞いてみて、どうも、ここの殿さまは下手人ではない気がする。

だが一応、

「でも、森一斎が来たとき、お茶とかは出したんだろう？」

と、訊いてみた。

するると、かなりの年配の男が、

「いや、お茶なんか出してないね。すぐ帰ったもの」

「すぐ？」

「ああ。おれはちょうど、殿さまの部屋の前を掃いてたときで、医者が部屋に入るやいなや、もう貴様のようなやぶは来なくてよい、と帰しちまったもの。女中が台所から茶を運んできたときは、もういなかったよ」

この男は下男で、ちょうどその現場を見ていたらしい。

「そうなのか」

やはり、ここの殿さまも疑わしいとは思えなかった。

となれば、早めに引きあげたい。三ノ助に目配せをした途端、

「え？」

適当に振った骰子三つが、なんとすべてピンになっているではないか。

「ついてるな」

羽織の男が、むっとして言った。

「いや、いま帰ろうと思ったんだよ」

「勝ち逃げはねえだろう」

「だったら、いまのはなかったことにしてもいいよ」

亀無は言った。

「なかったことに？　おめえ、なんか変だな」

羽織の男の顔色が変わっている。

「あ、頭の毛のことかい？」

「頭の毛なんざ、どうだっていい？　おめえ、賭場（とば）を調べにきた岡っ引きかなんかじゃねえのか？」

「いや、そうじゃねえよ」

殿さまを殺した下手人捜しより、もっと悪く誤解されたらしい。

「こりゃあ、帰すわけにはいかねえな」

「え……」

まわりを見ると、皆、殺気立っている。十五人相手じゃ勝てるわけもないし、殺されても、これだけ広い屋敷ならば埋めるところはいくらでもあるだろう。

――まずい。

亀無も、自分の顔が青ざめるのがわかった。逃げようにも、出入口はふさがれている。風呂敷包みに十手はあるが、取りだそうとすれば、すぐさま飛びかかってくるだろう。

そのとき、女が叫ぶ声が聞こえてきた。

「大変よ！　お殿さまがお亡くなりに！」

廊下をばたばたと走っている。

どうやら屋敷中に触れまわっているらしい。

これには、羽織の男たちも顔色を変え、

「なんだって！」

次々に、外へ飛びだしていった。

五

「危なかったぜ。どうなることかと思ったよ」

「ほんとですね」

「いいときに死んでくれた殿さまには、多めに香典を持っていきたいくらいだ」

築地から銀座のあたりまで来て、亀無と三ノ助は、ようやくひと息ついた。

「疲れましたね」

「ああ。疲れたときは、甘いものがいちばんだ」

と、京橋近くの甘味屋に入った。

亀無は汁粉、三ノ助はお汁粉は甘すぎるからと、豆かんにした。

出てきた汁粉を、うまそうにひと口すすり、

「結局、一斎はどこでも、茶も飲んでなければ菓子も食べていない。どうなってるんだろうな?」

と、亀無は言った。

「水も飲んでもいないんですか?」

「飲んでないだろうな。高田屋のあるじなんか、あいつに飲ませる水はねえとまで言ってたもの」

「そうだ、患者に出す薬にでも混ぜたんじゃないんですか? 調合するときに、舐めたりとかするんじゃないですか」

「だめだ。そもそもあいつの薬なんか、もう誰も飲んじゃいねえ」

「はあ」

「毒殺なんかできるわけないよな」

「ですよね」

亀無はすごい勢いで汁粉を食べ終え、

「だが、どこかで、うまく飲ませたんだ。そうとしか考えられねえ。弟子の良市にもわからないくらい、巧妙にな」

椀の底に残っていた汁粉の滓を、指ですくって舐めた。

「じゃあ、次はどうしますか？」

三ノ助は途方に暮れた顔で訊いた。

「ちっと、医者に訊いてみたいんだよなあ。毒を当人にも気づかせず、飲ませる方法はあるかって」

「旦那。そこに医者が」

拍子よく三ノ助が窓から指差したのは、道をはさんだところにさがっていた看板だった。

「こんななりをしているが、こういう者でな」

と、亀無は十手を見せた。

一緒に入った三ノ助も同様にする。

応対しているのは、看板によると「蘭方の三沢久庵(みさわきゅうあん)」という医者で、歳は四十代なかばといったところだろう。

往診に出かける用意をしていたが、

「なんですか？」

突然、現れたふたり組を訝(いぶか)しみながらも、話を聞いてくれた。

「石町で医者をやっている、森一斎のことはご存じかな？」

「話したことはないが、もちろん知ってますよ。亡くなりましたな。毒殺だったという噂ですが、本当ですか？」

「たぶんね。ただ、なにを飲んだか、さっぱりわからない」

「ほう」

「飲ませない、食わせない、で殺せる毒なんてのはないだろうね？」

三沢は少し考え、ぽんと手を打って、

「煙草に毒を仕込むのは？」

亀無もすでに考えたことを言った。

「一斎は煙草を吸わないんだよ。それに煙だと、周囲の者も毒煙を吸いこむことになるはずだが、一緒にいた弟子も無事だった」

「それじゃあ、ちょっとねえ」

三沢もお手あげらしい。

「難しいよなあ」

「そういえば、あんなやぶ医者は殺してくれてよかった、下手人は探さないでくれと、奉行所に嘆願書が殺到しているそうですね」

ふと、三沢は訊いてきた。

「そうなんだよ」

「やはりそうですか……でもね、じつは森一斎先生という方は、やぶじゃなかったんですよ」

「え？」

「何人か、あの人はやぶだったと、わたしのところに来た患者がいました。施された手当や薬を聞くと、ちゃんとした治療でした。わたしも同じ手当をするしか、ほかに方法はなかったです」

「ほう」

「そもそも、治る病のほうが少ないんですよ。そりゃあの人も、そこらへんのことは多少、おおげさに治ると話したのでしょうが、やっていた治療は理にかなった、ちゃんとしたものでしたよ。患者のほうが悪いというのは、往々にしてあるのです。ただ、それは医者のほうからは、言いにくいというだけでしてね」

「なるほどなあ」

たしかに、患者をまわったあとだと、そんなふうにも思えてくる。

四人の病は、どれも金が生みだした病のようだった。

六

この日の晩になって——。

役宅に戻った亀無は、またも松田に呼びだされた。今日は、志保ではなく、下男が伝えてきた。

その下男は、

「志保さまが、お友だちの家にお呼ばれでして」

と、申しわけなさそうに言った。

まだ調べをはじめて、一日しか経っていない。もう少し、日にちが欲しい。だが、松田はそんなことはおかまいなしである。

松田の部屋に入ると、墨の匂いが籠もっていた。太い筆でなにか書いていると
ころだった。
松田の字は、なかなかすばらしい。なので、方々から揮毫を依頼されるくらい
である。志保も、
「兄がほんとにいちばん得意なのは、書かもしれないわね」
と言っていた。
ただ、松田がやると普通ではなくなる。
この日も、どこかの商家に頼まれたらしく、
「一銭も積もれば銭の山となる」
とか、
「金持ちは笑いながら喧嘩する」
などといった奇妙な文言を書きつけている。
しかも、その墨には、金粉、銀粉に加え、なにでつくったのかわからない桃色
の粉も混じっているので、やたらけばけばしい。
床の間に飾るには派手すぎて、せいぜい新装開店の祝い旗がふさわしいのでは
ないか。

松田は、「黄金に顔を写すな」という謎の格言を書き終えるまで亀無を待たせておいてから、

「どうだ、亀無?」

と、訊いた。

「ええ、じつは……」

調べに、早くも手詰まりの感があることを正直に話した。

「なるほど。その四人か」

「でも、どうやって毒を飲ませたか、その方法がわからないと、突っこみようもありません」

「なあに、どうやってなど、わからずとも大丈夫だろう」

「え?」

「毒には毒でいくか」

「毒には毒?」

「鼠捕りを置くってことさ」

「鼠捕り……」

さっぱりわからない。

「わからぬやつだな。引っかけで炙りだせばいいのだ」

「どういう手で？」

「毒を飲ませるのに、なにかしらの器は使うよな？」

「でしょうね」

「その器に別の毒を入れると、器が真っ青になるらしい、というのさ。となれば下手人は……」

「あわてて器を始末しますね」

「出てくるごみを見れば、割れた茶碗などが出てくるぞ」

「ごみを……」

今度は、屑屋に変装させられるのか。

「なにを嫌な顔をしてるんだ？」

「おいらは薬屋の手代として、すでに顔を知られてますぜ」

「安心しろ。そなたに屑屋の役はやらせぬ」

そうして松田は、本当にその策を実行に移した。隠密同心たちも、ずいぶんと動いたらしい。

でっちあげた噂は、亀無からすればなんとも信憑性に乏しい気がするのだが、そこは人徳と言うべきか、不思議な力を持っているみたいに、巷に蔓延していった。

とくに、疑わしい四人の患者の周囲では、噂が渦を巻いたように飛び交い、当事者たちにも否応なく耳に入ったはずである。

さらに、毎日出てくるごみを調べた。松田は、大勢の中間や隠密同心を動かしたから、見逃しもあるはずがない。

だが、三日待ったが、割れた器は出てこない。

またしても亀無は家に呼びだされると、

「嘘だと、ばれたのかな?」

と、松田は亀無に訊いた。

「あの四人は、それほど疑り深そうには見えませんがね」

「だが、小山内金吾は死んだのだろう。処分したくてもできなかったから、あやつが下手人だったのではないか」

「いやあ、下手人だったとしても、そういうことは側近あたりに命じたでしょうから、亡くなったのはあまり関係ないと思います」

「あるいは……」

松田は考えこんだ。

松田の思案は、なにを導くか、得体が知れない。

「なんです？」

恐るおそる訊いてみた。

「毒殺ではなかったのかもな」

「………」

そこまで話を戻されると、亀無としてはなにをしたらいいか、わからなくなってしまうのだった。

七

この日、亀無は三ノ助と顔を合わせるやいなや、

「おいらは大事なことを忘れてたぜ」

と、言った。

役宅から奉行所に来る途中で、突如、思いついたのである。なんと迂闊(うかつ)だった

のか、と反省もした。

「なんです？」

「一斎は独り者だ。だが、女がいないはずがないだろう」

　最後に見たときはすでに死んでいたため、あまり精力的には見えなかったが、話を聞いていくにつれ、相当に力感に溢れた男のようだったと感じた。

　であれば、あっちのほうも、お盛んだったはずである。

「でも良市は、先生は吉原などにも行かないし、家には女の人も来ません、と言ってましたよ」

　たしかに、そう言っていた。

「あいつは純情だから、そっちは気がつかねえんだ。そういえば通夜のとき、若い女が何人か来ていたんだ」

「ええ、いましたね」

「ちゃんと名乗って、仕事も持っているふうだったから疑わなかったけど、妾じゃないとはかぎらねえぜ」

「ということは、妾の家に泊まっていたと？」

「そう」

「でも、朝飯は家で、良市と食べてますよね？」

「朝、起きたら、茶の一杯も飲むんじゃないのか？」

「なるほど。その茶に毒が……」

「あのときの芳名帳は預かったよな？」

「旦那が持っているのでは？」

「そうか。役宅の机に置きっぱなしで、忘れてきた」

「取ってきましょうか？」

「いや、時間が勿体ねえ。一斎の家に行って、良市に訊こう」

良市には、下手人を捕まえるまで一斎の家にいるよう、奉行所からの達しが出ている。

一斎の家や財産は、身内の者が名乗り出てこなかったら、奉行所が没収することになるはずだった。

亀無と三ノ助が訪れると、良市は一斎が使っていた机で、熱心に医術書を読んでいた。

「訊きたいんだが、お通夜に若い女が、何人か来ていたよな？」

「はい。来ておられました」

「あんたが名前を知ってる女はいるかい？」

「ええ。若い女の人は、三人ほど来ておられて、煮売り屋をなさっているおみつさんと、小間物屋のおつたさんと、お菓子屋をしているおたかさんでした」

「あの女の人たちと先生は、好き同士じゃなかったかい？」

亀無は、純情な良市でもわかるような訊き方をした。

「そうだと思います」

「なんで教えてくれなかったんだ？」

「なんて言えばいいのか、わからなかったので……」

「だよな」

これは良市を責められない。通夜のとき、ピンとこなかった亀無がいけないのである。

まずは、煮売り屋のおみつを訪ねた。亀無の恰好は、まだ薬屋の手代ふうである。なにせ、有力町人の目を欺（あざむ）かなければならない。三ノ助も、近くの番屋に待機させた。

おみつの店は、石町の鐘のすぐ足元あたりにあった。

まだ寝ていたりするのかと思ったが、すでに起きていて、魚市場の買い物から戻ったばかりのようだった。調理場の俎板の上には、小ぶりの鮪が載っていて、これからそれを捌くところだったらしい。

裏口から顔を出した亀無が、

「ちっとごめんよ。あっしは、尾張町の薬屋・富士清玄堂で手代をしている亀吉って者なんだけど」

と声をかけると、

「嘘。お通夜のときにいた、町方の旦那でしょ」

たちまちのうちに見破られてしまった。

「え？」

「その髪の毛、目立ってましたよ」

「あら」

見破られたまま変装を続けるというのは、なんとも情けない。

「なんで、お調べなさるのに、そんな恰好で？」

「いや、まあ……一斎殺しの下手人は挙げなくていい、という嘆願が多くてね」

「ひどい」

「しょうがないので、同心の身分を隠して調べようと思ったんだが」

「お生憎さま」

「おみつさんと一斎のご関係というのは？」

亀無は単刀直入に訊いた。

とぼけるかと思ったが、

「面倒を見てもらってました。いわゆるお妾でしょ」

さらりと言った。

たいして悪びれていない口調である。

「じゃあ、ここに泊まることも？」

「はい。三日に一度ですが」

「殺された日は？」

「あの日は泊まっていません。その前の晩は泊まりました」

一日空けて、死ぬような毒があるとは思えない。すなわち、おみつの容疑は消えたのではないか。

だが、ほかに訊いてみたいことはある。

「誰かに恨まれているとか言ってなかったかい？」

「それはよく言ってました。患者というのは、自分で努力はしないくせに、病の治りが悪いと医者を恨むんだって」

「誰というのは？」

「とくに、名前はあげていませんでしたけど」

亀無はうなずき、店のなかを見まわした。

こざっぱりしたいい店である。

店のなかにも植木や盆栽が飾ってあるし、正面の窓の向こうにも、木の緑が見えている。絵も飾ってあって、それはたぶん葛飾北斎の〈富嶽三十六景〉のうちのいくつかだった。

加えておみつがまた、かなりの美人である。目が大きく、少し垂れて、下瞼がふっくらしている。それがいかにも優しげなのだ。派手な化粧はしていない。媚びた感じもしない。

「この店は流行るだろう？」

亀無は思わず訊いてしまった。

「おかげさまで」

「一斎がここで飲むことも？」

「ええ、たまには？」

「ほかの客は、おみつさんとの仲を知ってたのかい？」

「そうですね。べつに隠してもいませんでしたから」

「おみつさんに惚れていて、そのために面倒見ている一斎を憎んだなんてことも
ありそうだがな。つまり、そいつが下手人」

亀無がそう言うと、おみつはちょっと考え、

「そういうのは、気を持たせたりして、お客さんの気持ちがこじれるからでしょう。あたしは、お客に気を持たせるようなことはしません。この店は、おいしい酒と肴を、静かに味わってもらいたくてやっている店なんです」

おみつは、きっぱりと言った。なんとも好ましい、お俠と言いたいほどの態度だった。

「ところで、泊まるのは、なんで三日に一度なんだい？」

「それは、ほかにふたり、お妾がいるからです」

「その人たちは、それぞれのこと知ってるの？」

「ええ。友達みたいなものですよ」

「ほんとかい？」

「きちんと三日ごとにまわってくるので、お互い、やきもちを焼く意味もないんですよ。三人とも、やりたかったお店を持たせてもらってますし」

「へえ。たいした甲斐性だねえ」

亀無は本気で感心した。こういう暮らしに憧れる男は多いのではないか。

「でも、新しいお妾ができたってことは？」

「それはないと思いますよ」

三日に一度が守られていたら、たしかに怪しむ必要はないのだろう。

帰ろうとした亀無に、おみつは後ろから言った。

「あたしは患者として接したわけではありませんが、一斎先生は、よいお医者だったと思いますよ」


小間物屋のおつたを訪ねた。

間口は一間半ほどの小さな店だが、三人連れの娘たちがいて、それぞれ簪や櫛を買ったところだった。けっこう流行ってそうな店である。

「ごめんよ」

と、顔を出した途端、

「あら？　お通夜のときにいた同心さまですよね？」

おつたにもひと目で見破られ、情けないこと、このうえない。

また、おつたも一斎の妾だったことを隠そうとはせず、

「はい。あの日はここに泊まりました」

と、素直に認めた。

「起きて医院に行くまで、お茶とか飲んだんじゃないのかい？」

「お茶は飲みませんが、起きるとすぐに白湯を飲むんですよ」

「白湯か……」

それだと、妙なものが入っていれば、気づきやすいだろう。

「朝は白湯のほうが、身体にいいらしいんです。それと、梅干しをひとつ」

「梅干し！」

あれなら塩辛いので、変なものが入っていても気がつかないだろう。

「先生がご自分で漬けた梅干しですけど」

「自分で？」

「ええ。あまりしょっぱいのは身体に悪いらしく、甘めに漬けたのを持ってきて、ここに置いてあるんです。ほかのふたりのお妾の家も、同じだと思いますよ」

「そうなんだ」

「疑ってます、あたしのこと？」

おつたは亀無の目を見ながら訊いた。

「え？」

「一斎先生、毒殺だったんでしょ？」

「まあな。でも、白湯と自分で漬けた梅干しなら、毒は入れられないわな」

亀無はそう言った。それと口にはしなかったが、この女が人殺しをするようにはとても見えない。

「ええ。それに、一斎先生には、好きだから面倒見てもらっていたのでね」

「この店も買ってもらったのかい？」

「なにかやりたい店があるかって訊かれて、お洒落なものしか置かない小間物屋をやるのが夢だったって言ったんです」

「夢を叶えてくれたってわけか」

妾を持つ旦那というのは、ケチが多いと聞いたことがある。吉原あたりで散財するよりは、ひとりの女を囲ったほうが安あがりだなどと言うらしい。

だが、一斎はケチではなかった。

「あたし、恩返ししなきゃって思っていたんですよ」

おつたの目から涙が滴った。

そのとき、石町の鐘が鳴った。

「よく鐘の音が聞こえるね。うるさいだろう?」

「ええ、でも慣れるんですよ」

「そうかもな」

「それと、一斎先生からは、鐘の音がよく聞こえるところに住むと、暮らしにめりはりが生まれると聞かされてまして」

「なるほどな」

一斎は若いお妾たちを、見事に感化していたらしい。


最後は、お菓子屋のおたかだった。おたかの家は、おつたの小間物屋とあいだに三軒あるだけで、これでは一斎の出入りもよく見えていただろう。

亀無も身分を隠すのはやめ、

「町方の者だけど、ちっと森一斎の話を聞かせてもらいてえんだ」

と、単刀直入に迫った。

「はい。なんでも」

「一斎は殺された日に、ここへ泊まることになっていたんじゃないかい？」

「そうなんです。でも、あんなことになってしまって……」

「毒殺だったんだよ」

「毒殺？」

「一斎は起きるとすぐ白湯を飲み、自家製の梅干しをひとつ食べたって？」

「そうですよ」

「それに毒を混ぜ、小間物屋のおつたが飲ませていたってどう思う？」

引っかけのつもりである。

「それはないと思いますよ」

「どうして？」

「あたしたち、三人それぞれ、充分幸せでしたから。わざわざ、幸せな暮らしを捨てる危険を背負わなくてもいいでしょ？」

かわいいとすら思えるような調子で言った。

亀無はおたかを見るうち、

「あんたなら妾にならなくても、普通に嫁にもらってくれる男なんて、いくらでもいるんじゃないのかい？」

と、訊いてしまった。

じつは、おみつやおつたに対してもそう思ったのだ。

「そうかもしれません。でも女は、面倒みてやろうか？　という言葉に弱いんですよ」

「面倒みてやろうか？」

「ええ。男に頼らなくてもやっていけるよう、店を持つんだよと。それで、おれと付き合いたければ付き合えばいい、付き合いたくなければべつにかまわないよって。そういうのはいや、という女も世間にはいるでしょう。でも……あたしはだめでした」

「なるほどな。ほかにも妾がいたのは知ってるよな？」

「もちろんです」

「でも、三人とも似てるよなあ」

亀無は、本気で感心していた。

森一斎の女の好みなのだろう。

「そうですかね」

「ああ」

性格が、女っぽいというより、男っぽくてさばさばしている。

いずれも美人ではあるが、化粧っけはなく、素顔のきれいな女たちだった。

——誰かに似てるよな？

ふと、そう思った。

客が来た。十歳くらいの女の子が、祖母に頼まれたと言って、饅頭をふたつ買っていった。

その様子を見ているうち、

——むらさめの女将だ！

と、思った。

——この娘たちが、あと三十年もすると、むらさめの女将の滝江みたいになるのではないか。

そう思うと、なにかをつかんだ気がして、

「しかも、いまはいい歳だけど、若いときはたぶん、あんたたちみたいな感じだったんだろうなって人も知ってるんだよなあ」

亀無は言った。

するとおたかが、

「もしかしたら、その人かも」

「え？」

「先生が医学の勉強をはじめたころ、付き合っていた女がいて、ずいぶんと自分を援助してくれたんだそうです」

「援助？」

「ええ。医学の書物って高いらしいですね。それを買ってくれて」

「そうなのか」

一斎の書架に並んだ医学書を思い浮かべた。いずれも、分厚く、高価そうだった。古いものもあった。

あれは、自分で買いそろえたのではなかったのか。

そういえば、良市の証言でも、一斎が若いころは貧しかったと言っていたと……。

「いま、どうしてるの？　って訊いたら、なんか有名な料亭の女将だよって」

「そうか」

やはりそうだった。滝江と一斎は、かつて男女の仲だったのだ。

それも、一斎が医者になるための、勉強をする支援までしていた。

だから、女の患者は診ないはずなのに、滝江に頼まれ、断わりきれずに診ていたのではないか。

もしかしたら、医療の恨みというより、男女の恨みが関係していたのかもしれない。

それに、男女の仲だったら、知りえないことも知っているだろう。

――滝江だ……。

亀無が外に出ると、三ノ助がそばにやってきた。

「三ノさん。すまねえが、滝江の昔を洗ってもらえねえかい？」

「滝江の昔？」

「一斎と滝江は、昔、いい仲だったみたいなんだ」

「へえ」

これには三ノ助も驚いたようだった。

八

ただ、次の日は、亀無の非番の日にあたっていた。

森一斎殺しの下手人は捕まえたいが、しかし疲れてきている。

ここらで、少し休んでおいたほうがいい。長丁場になるかもしれず、そういうときには、無理は禁物である。

三ノ助にも申しわけないが、ひとりで動いてもらうことにした。

そこで、昼近くまで寝て、起きたところに、

「剣之介さん。お蕎麦、食べにいかない？」

と、志保がやってきた。

「蕎麦？」

「若いときの習い事してたときの友達で、綾乃ちゃんていう人が、やっぱり旦那と離縁して、今度、木挽町でお蕎麦屋さんをはじめたの」

「ふうん」

志保は「やっぱり」と言ったが、それは自分も同じだという意味なのか。

だが、志保は大高(おおたか)のもとに戻るつもりはなくとも、正式の離縁にはいまだ至っていないのだ。

もしも離縁が成立したら、自分はどうするだろうと、それを考えると亀無は、胸がどきどきしてくる。

「最初のうちはお客も少なくてね。景気づけてあげようと思って」

「なるほど」

と、亀無がうなずくと、

「おみちも行きたい」

猫と遊んでいたおみちが、口をはさんだ。

「もちろん、おみちちゃんも一緒よ」

志保が、おみちの頭を撫(な)でた。

「そうか。じゃあ、ここはおいらの奢(おご)りで」

亀無が胸を張ると、

「いいのよ、剣之介さん」

と、志保は笑った。

「冗談なんかじゃない」

薬屋の手代になったりしてへこへこしていたので、急に男気を出したくなってしまった。

気どった店ではないというので、着流しに一本差しで、三人で木挽町を目指した。もっとも、八丁堀のなかには知った顔もいるし、志保と亀無が夫婦でないことも知られている。

それで、志保とおみちが手をつないで前を歩き、三間ほど遅れて、亀無が続いた。

蕎麦屋は、木挽町一丁目の紀伊国橋の近くだった。

〈江戸屋〉

という、新しい看板が掲げられている。

「蕎麦は信州とか言うけど、蕎麦は打ち方、茹で方、それにたれも決め手になるので、江戸の蕎麦がいちばんおいしいっていうのが、綾乃ちゃんの持論なの」

「なるほど」

暖簾をくぐると、調理場にいた女将が料理しながら、

「あら、志保ちゃん」

と、手を振った。玉子焼きでも焼いていたらしい。

以前、饂飩屋だったのを、蕎麦屋として造り替えたそうで、なかは看板ほど新しくはないものの、落ち着いた雰囲気の店だった。

板の間にあがるようになっていて、綿入りの座布団も並べられている。

かなり広くて、いっぱいになれば五十席ほどは、優に用意できるだろう。客もそこそこ入っている。

三人で食べるので、大せいろを頼んだ。

若い職人が蕎麦を茹で、大きなざるに入れて持ってきた。

さっそく勢いよく、すすりはじめる。

「うまいね」

腰もあるし、香りもいい。蕎麦もうまいが、甘すぎないたれもいい。

「ほんとね」

おみちもおいしいと思ったらしく、めずらしく一生懸命、食べている。

ようやく玉子焼きを焼き終えたらしく、女将が、にこにことしながら挨拶にやってきた。二重瞼がくっきりして、頬が子どもみたいな垂れ方をしている。

いかにも愛嬌たっぷりで、こういう人はなにが原因で離縁騒ぎになるのか、不思議な気がする。

「こちらが、あの?」

と、女将は手のひらを亀無に向け、

「そう。亀無剣之介さん」

と、志保がうなずいた。

「ああ、はいはい」

女将は嬉しそうに笑った。

なんだか、亀無のことを聞いていたみたいな雰囲気である。

志保はなんと言っていたのか、知りたいが、怖くもあった。

「皆、来てくれてね。およねちゃん以外は」

と、女将が言った。

「およねちゃんは、しかたないわよ」

「そう。ここで死なれたら困っちゃうもの」

なにやら物騒な話である。

その娘が蕎麦を食うと、なにが命にかかわるのか。

それからしばらく、友達の噂話もしたが、七、八人連れの客がやってきて、急に慌ただしくなってきた。

　女将は亀無に、

「じゃあ、また、いらしてくださいね」

　と言って、調理場に戻っていった。

「いま、変な話をしてたね。およねちゃんとやらの……」

　亀無は、だいぶ減った蕎麦をたぐりながら訊いた。

「そうなの。およねちゃんていうのは、蕎麦が苦手でね」

「へえ。好き嫌いが激しいんだ」

「好き嫌いなんてもんじゃないのよ。身体がまったく受けつけないの」

「どういうこと？」

「たとえば、蕎麦殻の枕があるでしょ。あれなんか使ったら、もう夜中に喘息が出て、死にそうになるの。もちろん、触れるだけでもだめなんだから、そばの一本でも食べたら、ほんとに死んでしまうかも」

「へえ」

「剣之介さんだって、なにか身体が受けつけない感じのものってあるでしょ？」

「そりゃあ、おいらだってあるよ」

「なに？」

「このあいだ、卵をいくつかもらって、食おうと思って割ったら、ひよこになりかけていたんだよ。勿体ないから焼いて食おうかと迷ったんだけど、やっぱりどうにも食えなかった。あれは、身体が受けつけなかった」

「うーん。それはちょっと違う話だと思うけど」

「そうかい?」

「身体が合わないの。その人には、こんなおいしい蕎麦が猛毒になるの。変わった身体の人っているのね。ほんと、人間は皆、それぞれ違っていて、いっしょくたになんかできないよね」

「…………」

亀無の手が止まっている。

「剣之介さん?」

「解けた」

「溶けた?」

「いや、いちばん厄介だった謎のところがわかった。志保さんのおかげだ。蕎麦、もっと食うかい?」

「もう食べられないわよ」

と、志保は笑った。

九

江戸屋を出ると、亀無は志保におみちを預かってくれと頼み、森一斎の家に向かった。

結局こうして、せっかくの非番の日も仕事をする羽目になるのかと、歩きながらぼやいたりした。

一斎の家では、今日も良市が一生懸命、医学書を読んでいた。今日は、読みながら、書き写しているらしい。その真剣な態度に、非番がつぶれたことをぼやいた自分が恥ずかしくなった。

「ちっと思いだしてもらいてえんだ」

「はい」

「一斎は、なにか苦手な食いものはなかったかい？」

「好き嫌いってことですか？」

「うん。絶対に食べないというものだよ」

たぶん、一斎はそのことを隠していたのではないか。どんな悪党がいるかもしれないのだから、自分の弱点は秘めておいたほうがいい。

良市は、視線を左右に振りながらしばらく考えていたが、

「ありません。先生は、好き嫌いなどしませんでした」

と、はっきり否定した。

「そうかなあ、なんかあるはずなんだよな」

亀無は粘った。

「嫌いなものですよね」

「ふだんは、あまり見ないものかもしれないぜ。そうだなあ、たとえば信州あたりに行くと、雀蜂の子どもを食べたりするところがあるんだよ。そんなもの、普通には食べないけど、じつは一斎先生の大の苦手だったりするのさ」

亀無が出した例がまずかったのか、良市は頭を抱えてしまった。

「うーん、思い浮かびませんねえ。先生は、ほんとに好き嫌いはなかったと思います。そういえば、わたしにも言ってました。好き嫌いなんかしてはいかんて」

「そうかあ」

亀無は落胆し、壁の薬簞笥に目をやった。

縦に二十段、横も二十列に区切られている。つまり、四百もの生薬があるのだ。薬にするには、ここから何種類か取りだして、組みあわせるのだろう。

やはり、ただのやぶ医者にやれることではない。

いくつかの引き出しを開けたりしながら、乙字を書くように薬簞笥を眺めたが、いちばん下の右端に、亀無は、

「秘薬」

という字を見つけた。

亀無は引き出しの前まで行ってしゃがみこみ、そっと引き出しを開けた。

すると、なかには紙袋があった。ほかの生薬は袋には入れず、そのまま引き出しにおさまっていた。

さらにいくつかを確かめるが、やっぱりそうである。

「これはなんだい？　秘薬って書いてあるけど」

良市に訊いた。

「あ、秘薬ですか。なんなんでしょう？　わたしもわからないんですよ」

「先生に訊いたことはないのかい？」

「ありました。あれ、なんておっしゃってたかなあ？　あ、それは毒なんだと」

「毒？」

「そんなに驚くほどではありません。生薬には、毒になるものもいっぱいあるんです。ほんの少量だけ使うと薬ですが、多量に使うと毒になります」

「なるほど」

「でも、これはほかの人にはなんともないけど、わしには毒なんだと。だから、厳重に保管しているのだ、開けては駄目だ、とも言われましたっけ」

「そうか」

亀無は紙袋を開けてみた。二重になっていて、しかも一枚目は油紙である。ふっ、といい匂いが広がった。

「香木（こうぼく）だな」

なかに入っていたのは、細かく砕かれた木の幹に見えた。

良市がそばに来て、

「いい匂いですねえ」

と、鼻をくんくんさせた。

亀無も、もう一度、深々とこの匂いを嗅ぎ、

「あれ？　この匂い、最近、どこかで嗅いだなあ」

と、つぶやいた。

と、そこへ――。

三ノ助が駆けつけてきた。

「旦那、やはりここでしたか」

「お宅にうかがったら、こちらだと聞いたので」

「うん。なにかわかったのかい？」

「一斎と滝江は、若いとき、ほんとに付き合ってました」

「うん」

「ただ、大っぴらにではありません。一斎はそのころ、民五郎（たみごろう）という名だったので、いまの森一斎から思いだす人は少ないでしょう」

「だろうな」

「ふたりがどうやって知りあったのかはわかりませんが、そのころから滝江は料亭の娘で、親の金も持ちだせたりできるので、民五郎の面倒をずいぶん見ていたようです」

「…………」

そのころの滝江は、いまの滝江のようではなく、三人のお妾みたいだったのだろう。

「ところが、その後、民五郎は半年の約束で、長崎に留学したんだそうです。ところが、半年では帰ってきませんでした」

「なにしてたんだ？」

「いや、真面目に勉強していたそうです。だが、蘭方の医学はとても半年では学びきれなかったのでしょう」

「なるほど」

「そのうち、滝江の両親が相次いで病に倒れ、滝江は当時の板長と夫婦になり、女将として店をやっていくことになった。もし、民五郎が戻っていたら、医者として活動しながら旦那におさまるような道もあったかもしれません」

「滝江はそれを望んだだろうな」

「でも、当の民五郎はいないのですから、どうにもなりません。滝江は板長と結ばれ、むらさめの女将となりました。旦那とは、さほど仲もよくなく、なんとか子どもはひとりできたけど、十歳のころに亡くなったみたいです」

「そうかあ」

亀無はつらそうに何度もうなずいた。

「民五郎が森一斎と名前を変えて、江戸に戻ったのは、五年ほどしてからですが、ふたたびめぐり逢ったのは、どうも近頃だったようです。そこらは、これからもうちっと突っこんでみますが、とりあえずここまでわかったことをお知らせしようと思いまして」

「いや、助かったよ。おいらもいろいろわかってきたし。だが、ふたりがいい仲だったのは、いまから何年くらい前の話なんだい？」

「いま、滝江は五十七。その滝江が十七のときの話です」

「四十年前かあ」

亀無はまだ、四十年も生きていない。

だから、その歳月の重みを実感することはできないかもしれないし、ましてそれは、他人にはわかりえない、ふたりだけの話なのだった。

十

三日後——。

料亭むらさめに、ふたり連れの客がやってきた。

亀無と三ノ助である。亀無は今日も、町人に変装している。

帳場にいた女将は、亀無のことを覚えていたらしく、

「あら、薬屋さん」

と、声をかけてきた。

「どうも。今日は客で寄せてもらいました」

亀無は、薬屋の手代らしく、苦みのある愛想笑いを浮かべて言った。ただし、亀無側のつもりであり、本当にそう見えているかはわからない。

「大丈夫?」

女将は心配そうに訊いた。

「なにが?」

「うちはお高いわよ」

「いいんですよ。今日は大事な用がありましてね」

「そうなの?」

女将は、三ノ助も見た。

いくら尻っぱしょりはしていなくても、よれよれの着物に、そそけだった髷な

どを見たら、金を出しそうにも見えない。岡っ引きでないとしたら、せいぜい場末の寄席の下足番といったところだろう。

「じゃあ、苔の間に案内して」

女将は仲居に言った。いかにも湿っぽそうな名前である。

仲居が前に立って長い廊下を進み、奥の間の手前にある四畳半の部屋に通された。

突きあたりには、〈桜の間〉がある。

「そっちはいい部屋みたいだね?」

亀無は仲居に訊いた。

「そうよ。うちで、いちばんいい部屋。襖なんか金箔を貼ってるし、池に突き出て、お庭がぐるっと見渡せるの」

仲居は言外に、

――あんたたちは入れないよ。

という言葉を匂わせて言った。

「なんだよ。おれたちだって、普通に料金は払うんだろうが」

「ま、そこらは客の貫禄というか、なんというか……」

仲居は意地悪そうに微笑みながら言った。

「でも、女将さんは挨拶くらいはしてくれるんだろ?」

「してほしいんですか?」

「そりゃそうだろう。挨拶してくれなかったら、ごねるよ、おれたち」

「はいはい、わかりました」

「その前に、酒が来てもいいけど」

「はいはい」

うるさい客だというように顔をしかめて、さがっていった。

亀無は言った。

「しまった、心づけやらなかったな」

「まずいんですか」

「女将を呼んでくれないかも」

亀無は心配したが、

「失礼します」

と入ってきたのは、女将の滝江だった。

「なんです? そんなにあたしにお酌してほしいの?」

笑って言った。

「女将さん、今日は元気そうだ。顔色もいいし。もしかして、向こうの桜の間に役者でも来てるのかい？」

亀無の言葉とは裏腹に、滝江の顔は黒く、あまり健康そうには見えない。

「役者なんかじゃ、あたしゃ、こんなにはしゃぎませんよ。向こうにいらっしゃってるのは、北町奉行所の松田重蔵さまなんですよ」

頬を若い娘のように光らせて、女将は言った。

「与力の？」

「そう。近くで見たのは初めてだけど、ほんとにいい男なの。役者も裸足で逃げるって評判は、ほんとなのね。ああ、もう……あたしがせめて、あと三十ほど若かったらねえ」

「どうするの？」

「ありったけの手管を繰りだして、誘惑しちゃうわよ」

「へえ」

「ほんと、お近づきになりたい」

「なれるかもしれないぜ」

亀無は真面目な顔になって言った。

「え？」

「女将さんの罪があきらかになれば」

「なに言ってんの？」

「おいら、わかったんだよ、医者の森一斎を殺したのが、女将さんだってこと」

しばらく静かになった。落語家がこれを作ったら、芸人失格と言われるほど白けきった間合いだった。

「ちょいと、あんた。証拠もないのに、そういうくだらないこと言ってんじゃないわよ」

女将の滝江は、少し青ざめた。すると、どす黒かった顔色が、葡萄のような色になった。

「証拠はある」

「噂で言ってた、青くなった器かい？　そんなものないよ」

「あの噂は間違いだった」

「じゃあ、なに？」

「その前に、女将さんと森一斎は、若いときにいい仲だったらしいね？」

「え？」

「女将さんはもともと、この家のひとり娘だった。それが、医術を学ぶ民五郎という若者と知りあい、恋に落ちた。いい話だったそうじゃないか。いまから四十年ほど前の話だろ？」

「…………」

「女将さんは、民五郎が欲しがる高価な書物も買ってやったし、長崎に遊学する金も工面してやった。ところが、民五郎が遊学しているあいだに、親父さんやおっかさんが相次いで亡くなり、女将さんはこの店をやっていくため、しかたなく板長と夫婦になった。もっとも、その板長のおかげで、むらさめはますます繁盛し、いつしか若き日の恋の思い出も薄れていった」

「…………」

「四年ほど前に、十歳年上の亭主の板長が亡くなった。それをきっかけに女将さんも体調を崩し、いい医者はいないかと探したところが、当時の民五郎が森一斎という医者になって石町にいるという話を聞き、急いで連絡したのだった」

「あんなやぶ医者になっているとは思いませんでしたよ」

　女将の滝江は、そっぽを向いた。

「森一斎はやぶじゃないらしいぜ」

「え？」

「ほかの医者に聞いたよ。多少、効果をおおげさに言うところはあるが、ごくまっとうな治療をする医者だってさ」

「……………」

「一斎をやぶだと罵る患者は、いずれも病の原因になる不摂生を、厳しくならじれるからなんだ。おいらも、そういう患者に会ったけど、なるほどと思ったよ。一斎は、やぶどころか、名医だったんだ。女将さんが長崎に行かしてやったおかげだよ。一斎はちゃんと学んできたんだよ」

「……………」

「女将さん、泊まりこみの治療を頼んだんだろう？」

それはあらためて良市に訊くと、出てきた話だった。しばらくは、あたしだけの医者になれと迫ったらしい。

「……………」

「それはもう無理だよ……三十数年経ってるんだ。昔みたいなことにはならないよ」

「ふん。あれだけ助けてあげたんだ。恩返しくらい当然だ」

「一斎はだから、一生懸命、治療をしたじゃねえか。薬だけでなく、暮らし方をあらためるよう、こと細かに指示してるじゃねえか。治療日誌を読んだぜ。それを別の医者にも見せた。蘭方、漢方の双方から、最良の治療方法を選ぼうとしていたってさ」

「………」

「なのに、あんたは悔しまぎれに、一斎はやぶだと言ってまわった。一斎も頭を抱えていたらしいぜ」

「あら、そう」

「しかも、一斎があんたのだらしない生き方に愛想を尽かし、治療を放棄しようとすると、悔しさのあまり殺してしまった」

「どうやって殺すのさ」

女将の滝江は、帯のあいだから煙草入れを取りだし、煙管に詰め、深々と煙を吸った。

「あんたは、若いときの付き合いから、一斎が白檀をひどく苦手にしているのを知っていた。いい匂いがする、化粧の品にも欠かせない白檀が、一斎にとっては毒となるようなものだった。白檀の入った匂い袋を持っている女がそばに来ただけでも、発疹が出たり、呼吸ができなくなったりした。だから、一斎は化粧が苦手で、だからこそ妾たちも皆、化粧をほとんどしない、素顔のきれいな女だった。まさに、あんたの若いころによく似た娘ばかりだったよ」

「あたしによく似てる……」

滝江の顔が衝撃を受けたように強張った。

「そう。おいらは、一斎はずっと女将さんに、格別な思いを持ち続けていたんだと思うぜ」

「………」

滝江は呆けたように視線をさまよわせた。

「いいかい、こういうことだろう？　あんたはあの日、一斎を待ち伏せた。往診に出たときは、いつも日本橋のたもとで弟子に饅頭を買わせることも知っていた。そこで、風上に立ち、白檀の粉を撒いた。風向きもよく、下の川から吹きあげた風が、一斎の鼻を通って、肺腑にまで入った。もう助からなかった。つまり、毒は飲ませたんじゃねえ。前を歩きながら、粉を風に乗せ、吸わせたんだよな」

「証拠は？」

滝江はかすれた声で訊いた。

「この部屋を隈なく探すと、たぶん白檀が出てくると思うぜ」

「ふん。白檀なんかちっとお洒落な女だったら、誰だって持ってるよ」

「でも、白檀といっても、種類だの、産地だの、木の部分だのによっていろいろらしいぜ。それと、一斎が着ていた着物にもかかった白檀と照らしあわせると、証拠になるんじゃないのかな」

亀無はそう言った。

じつは嘘である。

いや、この部屋から白檀が出てくるであろうことは自信がある。

ただ、比べようがない。

あのとき一斎が着ていた着物は、早桶に入れる際、白装束に着替えさせ、畳んで取っておいたのだが、良市の母親が洗濯してしまったのだ。

なにも注意しておかなかった亀無も悪いが、もう着ることのない着物をまさか洗濯するとは夢にも思わなかった。

したがって、証拠とするには弱く、滝江に居直られると、亀無としてはそれ以上、追及は難しくなるのだった。

「なあに、あんた？」

滝江の声が裏返った。

「へい？」

「あんた、薬屋のくせに、なによ。脅す気？　ちょうどここには、北町の松田重蔵さまがいらっしゃるんだよ。松田さまは、あたしら上等な町人たちの味方をしてくださるんだよ」

女将の滝江は怒っていた。

すると、後ろの戸がするりと開いた。

現われたのは、当の松田重蔵だった。

松田は、そんなことはしなくてもいいのに、苔の間の襖を蹴倒し、その先の桜の間とひとつなぎにした。

すると、松田は見事に造られた庭園と、両脇の金箔の襖を背中にする位置に立っていた。

こんなときでなければ、

「日本一！」

と、掛け声をかけたくなるほどだった。

「女将、悪いな。この者は、亀無剣之介という同心で、わしの手先となり、謎を解くために尽力してくれているのさ」

　松田は亀無に向かって、軽く顎をしゃくった。

　すると亀無は自分でも驚くくらいすばやく、松田の脇に片膝立ててかしずいてしまった。

　松田と一緒にいたのは江戸の町の有力町人たちらしく、彼らはぐるりとまわって、いわば大向こうの側に座るかたちになった。

「おや、まあ」

　女将の滝江は、驚いて口を両手でふさぐようにした。

「そなたが騒いだせいもあるだろうが、有力町人たちから、下手人を捕まえてくれるなという嘆願の山が来たのも事実さ。わしも気持ちはわかる。森一斎のことだけでなく、皆、医療のことでは苦しんでいるのだろうな。奉行所ももっと、町の医療について本腰を入れなければならぬのだ。いまのような、誰でもなれる医者ではなく、ちゃんとした知識と技を持った医者を選別し、信頼できる認可制度を作らねばならぬ。もちろん、そうした医者を養成するための、学問所も必要だろう」

「ほんとに、松田さまのおっしゃるとおり」

大向こうから声がかかった。

滝江もまた、感銘を受けたようにうなずいた。

「だが、奉行所本来の、罪を犯した者を捕まえ、それに相応の罰を与えるという仕事も、おろそかにはできぬのじゃ」

「そうでしょうね」

「わしは悩ましい。このところ、眠れぬ夜も多い」

それは嘘である。

「松田さまがそれほどに……」

滝江は松田を見つめ、そして掠れた声で言った。

「どうせ、わたしの命も長くはない。わかりました、松田さま」

「なにが？」

「わたしは、自首して出ることにします」

「なんと」

おおげさに、松田は目を瞠った。

「松田さまを苦しめるなんて、それは江戸っ子のひとりとして、もっとも大きな罪。いま、これから奉行所にまいり、犯した罪を告白いたしましょう」

「そうしてくれるか？」

「ええ。じつは、そちらの亀無さんとやらが、一斎はあたしに格別の思いを持っていたと言ってくれたとき、ものすごく嬉しかったんですよ。いまから四十年前の恋。あれは、本当に純粋なものでした。病になったとき、医者の一斎に助けてもらおうなんて、そんなことはこれっぱかりも考えていませんでした。ただ、あの人が医者になりたいなら、できるかぎり助けてあげたいと思っただけなんです。そういうあたしの純粋な思いを、あの人はすっかり忘れ、単なる金づるに過ぎないのかと思ったとき、殺意が芽生えてしまったのです」

「その気持ちはわかるぞ」

松田は優しくうなずいた。

「ああ、あたしはあの世に行って、一斎に詫びねばなりません。そして、あたしのことを思ってくれていたことに、礼も言わねばなりますまい」

滝江はそう言うと、よよとばかりに崩れ落ちた。

「それでこそ、世に名高きむらさめの名女将。さすがという以外、わしに言葉はないぞ」

松田がそう言うと、

「お見事！」

「松田さまも立派なら、女将も立派！」

「一件落着！」

といった声が、大向こうから立て続けに飛んだ。

一連のやりとりを、亀無はうつむいて聞いていた。

これが人に与えられた〈役割〉というものなのか。

〈人徳〉というものなのか。

だがしかし……。

——人それぞれに与えられた宿命に、いささかの不満も感じるなというのは、ちょっとひどくはないですか。

亀無は天に向かって、そう尋ねたかった。

コスミック・時代文庫

●●

同心(どうしん) 亀無剣之介(かめなしけんのすけ)
やぶ医者殺し

【著 者】
風野真知雄(かぜのまちお)

【発行者】
杉原葉子

【発 行】
株式会社コスミック出版
〒154-0002 東京都世田谷区下馬 6-15-4
代表 TEL.03(5432)7081
営業 TEL.03(5432)7084
FAX.03(5432)7088
編集 TEL.03(5432)7086
FAX.03(5432)7090

【ホームページ】
http://www.cosmicpub.com/

【振替口座】
00110 - 8 - 611382

【印刷/製本】
中央精版印刷株式会社

乱丁・落丁本は、小社へ直接お送り下さい。郵送料小社負担にて
お取り替え致します。定価はカバーに表示してあります。

ISBN978-4-7747-6174-9 C0193